大方
sight

徐立刚 摄

徐立刚 · 摄

徐立刚 * 摄

徐立刚 * 摄

王凯＊摄

王凯 * 摄

王凯·摄

彭子洋 * 摄

张铂泷 * 摄

彭子洋 * 摄

柯永权 * 摄

EARTH AND SONGS

SU YANG

# 土 的 声 音

# 苏 阳

中信出版集团 · 北京

图书在版编目（CIP）数据

土的声音 / 苏阳著 . -- 北京 : 中信出版社，
2018.4（2018.7重印）

ISBN 978-7-5086-8018-7

Ⅰ . ①土… Ⅱ . ①苏… Ⅲ . ①散文集 – 中国 – 当代
Ⅳ . ① I267

中国版本图书馆 CIP 数据核字（2017）第 196505 号

土的声音

著　　者：苏阳
出版发行：中信出版集团股份有限公司
　　　　　（北京市朝阳区惠新东街甲 4 号富盛大厦 2 座　邮编　100029）
承 印 者：上海盛通时代印刷有限公司

开　　本：890mm×1240mm　1/32　　印　　张：7.375
插　　页：32　　　　　　　　　　　字　　数：128 千字
版　　次：2018 年 5 月第 1 版　　　印　　次：2018 年 7 月第 2 次印刷
广告经营许可证：京朝工商广字第 8087 号
书　　号：ISBN 978-7-5086-8018-7
定　　价：58.00 元

# 序　土的声音

# 辑一　土地与歌

一直到 80 年代初的时候，田间地头唱歌的人还是很多的，走着没事儿也唱，歌儿一阵花儿一阵的，现在都没人唱了。有些老人，你问起，他能把调儿记起，词都忘掉了。

# 辑二　一条路

这双眼睛里的世界开始有了不一样的色彩，却又顺着时间看了回去，仿佛又回到了十四岁，第一次看到流沙河讲的那些"关关"呼应着的"雎鸠"。

# 辑 三　　歌 声 中 的 银 川

80 年代的时候，银川只有一条主要马路，从贺兰山下一直延伸到银川的东门，贯穿了银川市的三个地方：新市区，新城，银川。当时有个顺口溜，新市区是战场，新城是赌场，银川是情场。我就住在战场的第一大城市：同心路。

# 辑四　黄河今流

那些触动你灵魂的歌曲，历经了百年的口口相传，像草野之民，硬过石头，发芽生长。

# 土 的 声 音

我是七岁半跟着母亲来到银川的，是从浙江坐船，然后火车，然后汽车，然后火车，在很深的夜里抵达的。我父亲骑着一个大自行车来接我们，很远。到家后，我就睡下了。第二天一早，我推开门，傻了：土，一望无际，我住的院子就几排平房，是这个叫新市区的地方唯一的氮肥厂家属院。一个月之后，我就一口的本地普通话了。在我们家属院到工厂之间，有一片田，不太肥沃，热天里总是一股子粪味儿，总是见一些宁夏人在那儿种地、忙碌，偶尔在黄昏的时候他们会远远地心不在焉地哼几句小曲。可是我总不见地里长出那些浓绿的庄稼，它们总是半黄半绿的。

有一天，我经过那片田的时候，地头的小土屋旁蹲着一个中年农民，手里拿着半个馒头，他小声地招招手冲我说，娃娃，你家里有多余的咸菜啊啥的没？我很警觉，因为氮肥厂院子里和农民之间素无来往，孩子们也不在一块儿玩，我就不理他。他继续看着我，用眉毛笑着说，有的话悄悄给我点嘛，你看我们连个菜也吃不起。然后他望向他的地。

我记得我还是没有说话，就快步走远了，我心里说，种着地，还说没菜吃肯定是骗人的。后来大人们告诉我，他们种的是麦子，没有菜。这是一个很短暂的瞬间吧，但是不知道为什么很多年后我还记得。

2000 年之前，我组了个乐队叫"透明乐队"，在银川，还挺火爆，可能是因为我们有一个比较帅的主唱。主唱不是我，我主要写歌和弹吉他。每次演出能来很多人，都是半大小伙子和小姑娘，没人跟着我们一起唱，都是疯狂呐喊之类的。

但是这样也很难维持，后来我解散了这支乐队，到了北京，想成为一个牛×的吉他手，像瑞典的英格威（Yngwie）那样的。但是我在北京没待住，就回银川了。我想一个人做音乐，就自己写了很多吉他曲，并且在银川的体育馆开了演奏会。

在那之前有一次在朋友的家里，他爱听布鲁斯和爵士乐，家里有很多 CD，我说能不能给我一张更原始的，比如，我记得美国电视剧《根》¹里面有一段黑人在受奴役期间唱起的家乡的歌？他说有一张田野录音，估计你不爱听。我一听，好听呀！但是不知道怎么回事，就想起来了小时候那片田，人们在土房边偶尔唱起的歌子。别的旋律都没有印象了，有一句因为后来被很多人经常哼唱，孩子们、农民、歌舞团等等，这句歌是：宁夏川，两头尖，东靠黄河西靠贺兰山，金川银川米粮川。这一句是最经典的，一句话说出我们宁夏的地貌和愿望，一般体制内的文艺团体会改一改加上一些赞美啊什么的，有的还会夸一下土特产啊什么的，主要是呈现新社会的幸福感。但是我忽然觉得，应该有真正的和土地有关联的表达，才能保住民歌的本质。我后来去了更多的地方才知道，在我们宁夏，除了银川平原附近是鱼米之乡，在银南和银北的很多地方，更多地方都是多年干旱（远比我小时候身边的田野更荒凉：春天播下了种子，只能等老天爷下雨，如果继续干旱就只能继续等政府救济），却有很多地方的地名和水有关系，比如，大水坑、喊叫水、草泥洼……尤其喊叫水，这样的名字，我不知道别人看了有什么感觉，我觉得很苦，怎么可能是金川、银川、米粮川呢？我就接着写了这样的词："宁夏川，两头尖……糜子黄，山丹花开，黄河的水流富两岸，盼只盼那个吃饭不靠天。"我觉得顺着这个旋律应该有一个副歌，就编了后面的段落。然后在那场演奏会上，我才发现我的吉他演奏水平很不专业，当然会冷场啊。

这时候，我就唱了这首歌，很多人听懂了，他们在座位上一起唱了起来。

演奏会结束后，我觉得自己应该了解身边的民间音乐。冬天，我通过打听，去海原找花儿歌手马生林。马生林是海原县最有名的花儿歌手。春节嘛，大年初七，银川街头鞭炮声稀疏，但我从海原县城一直到三岔河庄，一路很安静，没有一声炮响。在那儿长大的石舒清老师，用摩托带着我，路很颠，我们穿过静谧祥和的清真寺，穿过庄子路口的那口水井，穿过土黄色的土房，来到一个围墙有个缺口的土院子。当时老人已经七十了，声音到底不年轻，"二尺八的棉帽头上戴，恐怕北山的雪来……尕妹是牡丹花园里长，二阿哥是空中的凤凰，悬来悬去没妄想，吊死到牡丹树上……"当这段旋律从他的喉咙中发出时，还是被震动了一下。那是从风干的黄土里生长出来的声音，和我想象的不一样。老人的眼中有一些潮湿，他花白的胡子随着每一句旋律的尾音颤动，我就坐在铺着褥子的土炕

---

1  《根》（Roots），据 1976 年出版的同名小说改编的电视剧。作者亚历克斯·黑利描述了他的祖先被白人奴贩子从非洲西海岸掳到北美当奴隶起整个家族的血泪史，记录了一代代黑人被侮辱、被蹂躏、被肃削、被歧视，终于丧失自我的苦难历程。书甫一出版，就成为激烈争论的焦点。——编者注

上。这个老人就那么唱着，孩子们围在他的周围，他在唱的时候有意无意地牵着其中最幼小者的手，而孩子们尽管嬉闹着，声音弥漫在这半明半暗且简陋的屋里。院外分外整洁，农具摆列有序，黄土的光泽在阳光下有些刺眼。我好像忘了来做什么，我当时注意的是他和孩子们之间的那种很自然的动作，一个老人，孩子们围着他，在唱着属于他们的歌，像一棵老树，旁边是叽叽喳喳的小鸟。我知道了，噢，这就是他们的生活。

我从海原回来，没事就在周边的县城转悠，在旧书摊上、秦腔戏社混，试图找到更多的这些歌。这期间，我基本写了五六首歌了。有一天，我在富宁街戏社里看着台上热闹的秦腔和台下更热闹的麻将桌，和茶社老板聊天，忽然想，我如果在这样的地方演出一场，唱给他们听，他们会接受我吗？这些指甲被几十年烟油熏黄的爷爷奶奶和老茶腻子和老戏迷们？我很想尝试一下，就和那个老板说好，把门口本来写着今日演出折子戏——《周仁回府》《游西湖》等等这些的小黑板擦掉，写上了"土的声音——苏阳乐队"。然后像很多乐队一样，还请陈谦给做了图，印了门票。一张票20元，在2003年的银川算略贵吧。我很兴奋，觉得这个场景反差很大。我联系了音响、舞台设备，把一个小舞台堆得满满的，我估计调音的时候就会有人来看的，也确实，声音巨大！我们刚把音响开开，鼓就敲了一声，隔一条街都听得清清楚楚，下面打麻将的人就炸窝了，说，你们干啥呢我们还耍不耍了？牌刚码好，你们一震，就倒了，别人还以为我诈和呢！于是我们关小声音调试设备，心想等到了晚上你们就好了。晚上，我预期的这些打麻将喝茶的爷爷奶奶并没有来，我们一出声，这两条街的居民都来看热闹，街道挤得满满的，民工们也刚刚下班，我在台上都能闻见他们卷的莫合烟的味道，但是都不买票，仅有的几张票也是朋友买的。然后，警察来了，说你们干啥呢？朋友就挡住说好话，那个警察没吭声，就说你们少唱点儿，有人投诉呢。但是人群都不走，逐渐安静稳定了，都听我们唱，警察也是在我们快唱完的时候走的。我们就这样搞了一场完全免费的演出。这事到现在正好十年，现在看好像有些可笑而且幼稚，但当时演出结束后我很兴奋，紧跟着就写了后面的歌。

2004年参加了贺兰山音乐节之后，我的演出多了起来。后来老狼介绍我签约到了唱片公司，2006年我发行了我的第一张专辑《贤良》，之前十三月唱片投资要和皮三合作，做一个动画短片MV。有一天他们拿来了王丽娟做的初稿，说是这个动画里需要的人物形象。我一看，真好看啊，但是有一个小问题，为什么人物的头上要有一个白毛巾？白羊肚毛巾在今天的陕北，除了一些春节晚会和堂会上，谁还会戴呢？我有一些今天的放羊人的照片，他们都穿着蓝色涤卡工作服、头戴蓝色工人帽。我生活的银川，2005 年到 2006 年，男人们更多的是留着板寸。我的好几个同学，混得不错，他们都是板寸，腕子上有一串被忽悠得很贵的佛珠，脖子上有时候有根很粗的链子。他们在打麻将的时候，很专注，多半会对自己的女人很好，但是偶尔花心。

后来我提供了另外一些场景，我们那里住的地方，西门桥头一个小广场，每天很多中老年人在那里跳舞。下班或者饭后路过的民工们会"参观"女人们的身材。以前我们乐手最集中的"喝酒一条街"叫富宁街，走到中间往右一拐，就是新华街，女人们购物、男人们办事都在那里，很少有人去西塔里面。有一次我在那旁边开了一个琴行，整整 40 天，没有卖掉一把琴。后来一个朋友看不过去硬买了一把。我那段时间因为很多事，很烦，染上了酒瘾，喝到胃穿孔，在急救中心手术。出院的时候，看着那条街，对面有几个花圈店，心说我没有成为他们的主顾，太好了。于是第一次有了生老病死的感叹。

我们的生活面目是这样的，平庸而荒诞。但是，我觉得应该在作品里说出我们生活的真实感受。

皮三真是个艺术家，后来他加上了他的思维和情节，然后让这些成为一个循环。

后来大概 2008 年夏天，我跟着宁二和杨老师去了甘肃松鸣岩"花儿会"，满山遍野的花儿。我后来发现其实花儿的词很美，而且它的修辞，是我们现在的语言习惯所没有的。我们现在说话是文本的，花儿有很多方言唱出的是"赋比兴"的句子，比如说另一个河州很流行的花儿《袖筒里捅了个千里眼》——"哎袖筒里捅的是千里眼呀，远山照成个近山，阿哥是孔雀虚空里悬呀，尕连手呀，尕妹[2]是才开的牡丹……"简单地说，如果用现在的说法，我的理解是："袖筒里捅的是千里眼呀，远山照成个近山"两句是兴，"阿哥是孔雀虚空里悬"是比，他自比孔雀；"尕妹是才开的牡丹"，因为他把尕妹比作牡丹。类似这样很美的修辞在花儿里很常见。这些都是我们久远的根，和我们从小接触的语言系统是完全不一样的，但我们今天学起来，这么难。而且，花儿会上偶尔有手机响的时候——手机铃声是《月亮之上》，可见我们的生活改变的时候，语言习惯和血液里的表达方式也在发生改变。在现场，你会发现花儿的另一个功能，是对唱时经常有一些暗示，比如，《正是杏花二月天——梁梁儿上浪来令》：

正是杏花二月天　二月天　尕妹妹拔草在地边
麦苗青草连成片　尕妹妹　你拔的头遍吗二遍？

---

2　"尕"，方言，意为"小"或"可爱"；"连手"，指两人感情好，若是男女，则为情人。

正是杏花二月天　二月天　路过的阿哥你别缠

草儿杂了眼看着乱　小阿哥　尕妹妹没有空闲


　　前面起兴说景，然后凑到人家姑娘跟前问呢，你拔的头遍还是第
二遍？然后姑娘的拒绝很巧妙，她说，草儿杂，眼看着乱——这是个
双关，然后才说我忙得很，没有时间。那她没有说如果闲了会怎样？

　　类似这样的例子很多，别的民歌种类也有，花儿更突出。不仅是
语言，在音乐上也和我们今天流行的音乐不一样，我们怎么让它们融
合在一起，然后尝试去创造出新的音乐，去唱今天的生活？我就这么，
跌跌撞撞地，转眼十年了。

　　生活每天都在改变，我的故事不够精彩，我也不知道在很多人想
尽办法托人从国外带奶粉的时候，我还在谈论民歌这是否合适。土地
也每天在改变，推土机推掉了田，盖上了房子，都是城市了。更多的
人离开家乡，包括我。我们带着各自的家乡口音奔到"北上广"，和
任何一个有机会的地方。以前是穷，只有白菜、萝卜，现在四季里菜
市场琳琅满目的各种化学药物催生的蔬菜水果。在动车经过的两边，
任何时候都有催生的绿油油的温棚。我们在土地上催生作物，吃下这
些催生物的身体，也在退化。以前经常有人在庄稼地里和炉台边生下
一个孩子的故事，现在每一个孕妇都需要"保胎"。我们很多人多年

没有给家人写过一封信，而很多老人他们不懂 E-mail。

那么还有多少人可以像前面马生林老人那样生活呢？一个老人，安详地唱歌，他的子孙依偎着他，安详地吵闹着，这一切一切都是土的声音。那一天黄昏，我经过北京四惠交通枢纽，用我的"爱疯四"拍下了一张图片，一望无际的车龙，看起来很光鲜辉煌，好像能看见每一个铁壳子里藏着一张焦躁的脸庞，被挤在高速路上，我管这个场景叫"倦鸟"。但是我们真的能回到家里吗？这时候，我们的民歌该怎么唱？

祝我们好运！

EARTH AND SONGS

SU YANG

# 辑一

# 土地与歌

一直到 80 年代初的时候，田间地头唱歌的人还是很多的，走着没事儿也唱，歌儿一阵花儿一阵的，现在都没人唱了。有些老人，你问起，他能把调儿记起，词都忘掉了。

# 马风山

走了一长截子山路，张易、红庄、马风山在山腰小路上等着呢。山上的小院子，是他们的家，几间平房，后面有一个小羊圈。

风山1973年生的，黝黑的脸膛，中等个子，在花儿歌手里挺年轻，现在是个"村官"，前些年在县里印刷厂上班，干了十一年。2007年单位效益不好，下岗了，在家待了三年，就买了辆车在固原县城和村里来回跑，拉村民去县城，然后拉县城里回村的乡亲。村里谁家的大小事情——婚丧嫁娶红白喜事，都坐他的车。一来二去，大家都觉得相信他，回不去县城的时候，他就睡在学校宿舍。后来要选举村官，大家就撺掇说不如他张罗这些村里的事情，反正他和每个人都熟，又是高中毕业，办事稳妥，就推举他当了村主任、调解员，反正大小杂事多半都要操心了，包括调节村民之间的纷争和矛盾。他说，昨天你们来我也不在，忙着处理村里人开拖拉机撞死人的事，那个撞人的赔了十三万，然后动用了所有的关系去给事主下话，就忙得我一头疙瘩……

在后面的山坡上，风山亮开了嗓子，他的嗓音已经有一点点胸腔的声音了，有歌曲的感觉。可能是年龄的原因，到底才四十出头，又在固原市里住得多，不像传统的花儿唱法那样多的尖音。

上去高山望平川

平川里有一朵牡丹

我有心下山摘牡丹

心乏者摘了个马莲

这个词几乎是中国花儿的代表，后两句通常是：看起来容易摘其实难，摘不到手里是枉然。最经典的就是朱仲禄的《河州大令》，不过宁夏六盘山花儿是不讲"令"的，它就叫《上去高山望平川》。在这里，风山用的不是大令的调子，而是我最早听到的《绿韭菜》的调子。风山说，我给你唱个羽调[1]《上去高山望平川》。"羽调"？我问，什么是羽调呢？是不是羽调式？他说，羽调慢一点，角调[2]快一点，调子一样的。我才知道，在这里，羽调和角调是速度的概念，羽调慢些，抒情一些，角调追求节奏。³以前听马生林老人唱的时候，有点变，我后来的歌曲《凤凰》，基本就用的是这个调子。

说起《绿韭菜》，他就唱着：

园子里长的是绿韭菜呀

你不要割呀，让它绿绿地长着

阿哥是阳沟啊妹是水

不要断呀让它慢慢地淌着


我们一起反复：


哎哟，不要断呀，让它慢慢地淌着……


山风继续吹，风山继续唱：


哎呀我的庄稼人哟

乏了时，在阿达里⁴着⁵安心着睡吧

哎哟什么当枕头呀

什么靠紧着背哩

什么高挂了起呀

什么成双着对哩

哎呀我的庄稼人哟

---

1　五声调式，或称五声音阶，是中国音乐中的音阶，这五个音依次定名为：宫、商、

　　角（jué）、徵（zhǐ）、羽，大致相当于西洋音乐简谱上的唱名 do、re、mi、

　　so、la。将这五个音按高低次序移到一个八度之内，各音的名称便是：宫、商、

　　角、徵、羽；五个音相互间的音程关系固定不变。五声调式中的任何一个音均可

　　构成一种调式，以宫音作主音构成的调式叫宫调式；以商音作主音构成的调式叫

　　商调式；以此类推。——编者注

2　同上。

3　这是我第一次听到这样的概念，我以前的理解是羽调式就是以羽音为主音的调

　　式，角调式就是以角音为主音的调式，主要是调式不同。后来只见到王仰甫老先

　　生留下的《同心县角调歌曲》内部资料的第一页介绍说，角调歌曲是在中国民歌

　　里不多见的一种，在两千多首民歌中只有七十六首，他的关于角调歌曲的介绍也

　　是来自《中国民歌》1959 年版本，我手头没有，但是对于羽调和角调的区分在

　　于速度这个说法，我问到王勇的时候，他也不置可否地笑一笑，没有给我明确的

　　回答，所以存疑。

4　阿达里：哪里，西海固和甘肃地方方言。

5　"着"，西北方言里的语气词。——编者注

乏 了 时 ， 在 大 地 里 安 心 着 睡 哩

哎 哟 尕 围 脖 呀 ， 哎 哟 当 枕 头 使

尕 杠 子 就 靠 紧 着 背 哩

哎 哟 尕 鞭 子 呀 ， 高 挂 着 起 呀

尕 黄 牛 就 成 双 对 哩

我 的 姑 娘 们 哟 ， 乏 了 么 时 ， 在 阿 达 里 着 安 心 着 睡 呢 ？

……

哎 哟 我 的 姑 娘 们 哟

乏 了 时 ， 在 厨 房 里 就 安 心 着 睡 哩

尕 锅 台 当 枕 头 呀

尕 风 箱 就 靠 紧 着 背 哩

尕 盔 笼 高 挂 起 呀 ， 尕 铁 勺 就 成 双 对 哩


宁夏没有流传过这个曲调，我第一次是在王德贤老人处听到。王老汉是土家族，又在积石山长大，所以更有藏族和土家族的特点。风山18岁时在甘肃积石山待过一年，这首也是买了花儿磁带学下的。他唱的旋律有了些花儿的味道，基本是藏族和土家族酒歌和三令的融合，歌词也不太一样。我问，你这个没有"当兵的人"噢？风山说没有，回屋时我就给他写了"当兵的人"一段，叫他下次把这段加上，

我很喜欢这段。

我曾经问过王德贤老人这个曲子的名字，他说他也不知道，因为歌词里有"庄稼人，酒醉了时，在哪里安身着睡哩？"我说那就叫《三个醉酒汉》？王老汉答应好。我自己在 2012 年也唱了一个版本，做了演出前的视频，播放过几次，台湾演出时也唱了。风山这个版本有了女性角色，我想，下次再编一个版本？把风山这个也结合上？会不会叫《三个醉酒汉和一个女子乏了在哪里睡》呢？

后来和风山说起王德贤他们，有从积石山搬迁到银川那边种地的，西海固前些年有些搬迁的，后来咋样呢？他说最近主要忙着办移民搬迁的事情呢，村干部是责任第一线，整个黎套村，因种植太差，搬迁到中宁、永宁、贺兰等地。我问，搬了过去住哪里？风山说，老百姓每户交 12800 元，这样每户分房 54 平方米，人均一亩地，这个事情已经忙了两年了。我说，从这个政策来看也是为了让村民脱贫致富。风山手摸摸额头，说，也麻烦呢，张家长李家短，说不齐全，难免费些周旋。我就笑他，给回族这么好的政策，给房给地，感谢政府吧？他笑了笑：感谢，感谢。就再唱些小调：

阳世上人们钱财好，

钱财本是个杀人的刀，

国王们爱财着动兵刀，

官宦家们爱财着把民敲。


百姓们爱财着四方里跑

父母们爱财着子不孝

弟兄们爱财着舍同胞

朋友们爱财着不来往


千不该来着万不该

不该跑到云南背白面

违背了良心又把法犯

亲戚们就朋友啊离我远


害得自己妻离子散

害得别人家破坏

如今我走到绝路上

都怪我自己坏天良


如今我坐在铁窗边

想 起 来 妻 儿 和 心 肝

想 起 来 父 母 泪 不 干

劝 一 声 我 的 世 人 不 要 把 财 贪

想 起 来 父 母 泪 不 干

唉 ！

—— 劝 一 声 我 的 世 人 不 要 把 财 贪

这个叫《贪财鬼》，风山说他就是在固原学的这个曲子。说起来可笑，我第一次听到这个调子，是在甘肃松鸣岩花儿会上，一个盲人歌手在山下卖艺，拉着胡琴，就用这个调子，他唱的叫《婆婆媳妇闹纠纷》。我狂喜欢这个名字，当时差点儿就改编了这个曲子，但是为了弄清版权所属，上网一查才知道，20世纪50年代中国大江南北都会这个歌，名字叫《毛主席来到咱们农庄》：张士燮填词、金砂谱曲，说的是毛泽东视察四川郫县的故事。我居然没听过这个歌，看样子不看电视是不了解行情的。至于金砂是根据民间曲调改编还是自己作曲的，就不知道了。看来后来很多人也是觉得曲调上口，自己编点词来娱乐。

山上的风很硬，唱了一会儿，冻得赶紧都回到他家里，围着炉子。

他家人给我们做的洋芋面，还有洋芋红薯和甜萝卜，很暖的气味就在屋里把我们围了。我们就说，你媳妇做的吧？这么香。他和媳妇是父母包办的，结婚前就见了一面，觉得门当户对，1999年就结了婚。我问娃娃呢？答说，两个儿子了，一个上初二，一个上小学四年级了。旁边人告诉我，他媳妇当时是这一片长得最漂亮的。我就说，哎呀，你望去是马莲，还拔了个牡丹？他又笑一下。我看到墙上贴着他自己写的一张字：

你是家中梁，生活要思量，

梁折家遭殃，生活无保障。

你是父母心，牵挂重千斤，

儿走他乡路，亲人泪满襟。

你是妻子天，莫让天塌陷，

天塌人心寒，妻儿怎么办。

你是子女山，为儿挡风寒，

山倒无人靠，人见人心酸。

—— 风山

我想和风山约下来夏的酒，但是那时这个村子怕已经都搬空了，下次要去城里找他了。我们离开去西吉的路上，红庄村山路边，枯黄的土地里，女人们在田里干活儿，这是立冬的第二天，正是收获土豆的时候。他们就要离开这个生活了一辈子的村子，去中宁那样的川区了。

---

**附**　马风山：回族，1973年生，出生的时候就在今天唱歌的院子里，在这个整村都是回族的山里。从小和别的娃娃一样放羊，1978年上小学时听老人们唱花儿，小学四年级就基本会唱直令和那几个小调了。红庄乡上了中学，在固原县上高中，1978年左右到1980年包产到户，家里有三十亩地，都是山地，不好种。他们姊妹六个，大姐最大（大他十六岁），今年已经六十了。1993年，风山高中毕业没考上大学，到甘肃积石山县待了一年，除了从小的直令和几个宁夏小曲，基本上他后来会唱的花儿，皆为在积石山时所学。

# 马 少 云

鸭 子 嘴 长 爪 爪 短

水 面 上 咋 飘 着 哩 ?

我 想 给 你 买 个 羊 毛 衫

买 去 了 , 门 关 着 呢


我们开过灰蒙蒙的小马路，固原的司机师傅放着《火了火了火了》，"火了火了火了中国火了火了火了"。司机指着灰土蒙蒙的集市说，将台，红军会师的地方。我说哪呢哪呢？扭头窗外，一个集市刚散，熙熙攘攘，白帽子回族人在扫地上的菜叶，拖拉机来来往往，尘土飞扬。

就到了，西吉，酸刺村，马少云的家。

马少云今年五十五岁，院子比马风山的要大一些。1985 年就开始做生意的他，自己买了车，跑长途贩运，主要是贩些粮食到陕西、甘肃白银和宁夏银川一带。80 年代末，万元户是很耀眼的，尤其在村里，被大家看作能人。1991 年他当选为酸刺村村书记，一直到现在，二十一年了。

马少云说今年书记不想干了，刚歇下。我说你生活不错，村书记也不是很忙，咋不想干了？他说，一个是觉得年纪大了，不想再操那么多心，还有"地上的山大路不平，世上人多心不公，你给别人吃了一碗臊子面，别人还以为你已经吃了两碗"。现在就缓一缓，该耍就去耍。儿女也都大了，不用操心了。现在日子还可以，他获了很多奖，也是宁夏花儿传承人证书获得者，家里客厅的橱柜里放了厚厚一摞子获奖证书，历届的领导——区上的甚至外地领导来，各种接待晚会他都会参加。

马少云和别的花儿歌手一样，不能在家唱，因为他的老母亲和女儿都在家。我提议到山上去唱，他说，背过庄子咱们唱去。我们就到他家屋后面的山上。


园子里长的是绿韭菜呀，不要割呀，你让它绿绿地长着；阿哥是阳沟妹是水，不要断呀，让她慢慢地淌着；

亲亲热热说下的话呀，不要忘呀，你把它时时地记下。

这段熟悉，六盘山一带的代表，《绿韭菜》。还有他唱的《穷人歌》：

养下的一对牛哎，

长下的弯弯角，

拉上它去犁地，

把我的铧打破。

家儿里娶花妻子哎，

聋哑巴把头擦破呀哈，

阳世上那个穷人多嘛，哪一个就像我呀。

种了一斗米哎，

打了五升多，

筛地筛就簸一簸就剩了两升多，

背着磨面去哎，

没有个一升多呀哈，

阳世山间上穷人多呀哪一个就像我，哎哟，哪一个就

像我。走了个瓦岗县哎，买了个大砂锅，

拿着个家里来呀饭嘛糁糁一锅呀，

糁饭嘛糁一锅哎，家儿里人口多呀哈，

你一勺就我一勺就把我的锅打破，

阳世山间上穷人多，哪一个就像我，哎哟，哪一个就像我呀。

亲戚朋友多哎，给我说了个哈（傻）老婆呀嘿，

领着我的个家儿里来，背着个大豁豁（箩锅），

叫她煨汤去，她呀跑去和面哈，

阳世山间上穷人多，哪一个就像我，哎哟，哪一个就像我呀。


这首《穷人歌》，也叫《小放牛》，在盐池、甘肃、西海固都听过，我猜测应该是甘肃传来的，是五声音阶的典型。很多民歌的名字很多，比如马风山也唱过一个《小放牛》，我管它叫《对花》：

天上的桫椤树什么人栽？

地上的黄河是什么人开？

什么人把守着三关口？

什么人出家就没有回来呀？

哥哥哟……

同是五声音阶的排列，在旋律上没有明显的北方特点，简单、整齐、对称的节奏。

哎哟，大路上下来了一对子，

哎呀阿哥的肉呀哪一个是阿哥的妹子，

我连喊了三声你头没有抬她，

阿哥的肉呀我那达得罪了你了，

哎哟，你连我又不是一娘生她，

阿哥的肉呀我离过（开）了时咋这么想呢？

"离过了咋这么想呢？"两年前和马少云喝酒就听到了，当时乱哄哄的，喝在浪上。回到固原的时候，第二场酒，刚端起来没几杯，我就躺倒了，但是记住了马少云唱的"你连我不是一娘生，阿哥的肉啊，离过了咋这么想呢？"

这会儿他老是唱不连贯，说因为我没有提前和他打招呼，所以他自己没有整理，再一个，今天没有喝酒，老是找不着感觉，干唱还有点害羞呢，要是喝着耍着，那就好了。我想想也是，就说，那咱们干脆去喝酒吧！他就马上掏出电话，约他的女搭档，说："你快来些？人家从银川从北京来了，我刚在山上光张嘴着呢，没有个搭档着弄不成么，哎呀你再不要谦虚么，快些？好好，你再不耽搁我，我哈（下）来了噢？"就下山了，电话那头是镇文化站的孙站长，是一位唱花儿的大姐，看样子他们经常搭档，但是孙站长今天有事太忙来不了。我说那就咱们一起吧，他只有自己和我们去喝酒。

　　我们回到他家屋里喝口茶的时候，我请他再唱下西吉版本的《十劝人心》，我后来就是根据这个旋律，把《女贤良》的谱子改编成我那首《贤良》。他女子过来给我们倒茶水，他清了清嗓子，很严肃地对他女子说，你赶紧倒，倒了走。就接着唱：

天上云多月不明，地下山大路不平，哎么哎嘿哟哟，地下山大路不平。
一劝呀人心呀娘老子亲，娘老子好了儿孝顺，哎么哎嘿哟哟，高茶呀贵饭娘老子用用，粗米淡饭留子孙，哎么哎嘿哟哟，粗米淡饭留子孙；
二劝呀人心呀弟兄们亲，弟兄们好了家不分，哎么哎嘿哟哟，弟兄们好了家不分，

三劝呀人心呀先后（妯娌）们亲呀，大家和气最要紧，哎么哎嘿哟哟，大家和气最要紧，

……

五劝呀人心着姑娘们亲呀，绣房里住下的能干人，针线呀茶饭你样样应，嫁到婆家能当个人，哎么哎嘿哟哟，嫁到婆家能当个人；

……

八劝呀人心你赌博人亲呀，腰里系下个草绳，今儿个想赢明儿个输呀，家里输了精当精，哎么哎嘿哟哟，家里输了精当精；

九劝呀人心你喝酒的心，喝醉了酒儿你发了疯，东倒西歪你大路上走呀，阿一个朋友扶你的身。哎么哎嘿哟哟，阿一个朋友扶你的身……

这是我第一次听人唱这个旋律，因为当初我是看着旧书上的谱子编的，我说马哥这是你啥时候学的？说是在1968年左右碎碎的时候[1]，放牛羊着呢，听着村里人闲的时候唱的。那时候人们反正生活条件苦，有啥唱啥，爱唱比如："哎哟，阿哥的肉呀，我把清眼泪淌到个碗里……"一直到80年代初的时候，田间地头唱歌的人还是很

多的，走着没事儿也唱，歌儿一阵花儿一阵的，现在都没人唱了。有些老人，你问起，他能把调儿记起，词都忘掉了。我说，有个《女贤良》你听过没？他说，没听过。我说起李世锋，他说知道呢，我说他那本《西吉民歌选》里有《女贤良》的调子，和你这个《十劝人心》的调子一样的。

他盖的大院子里好像没暖气，今天很冷，只有厨房屋子有炉子，我钻进屋的时候暖和得一哆嗦。正是下午了，炉火温暖了一屋子人，小郭的小女儿萱萱在炕上玩一会儿，下地和小狗玩一会儿，面条正下在大锅里，马少云的老伴和女儿在案板上擀面，很安静。老王和老单在炕上闲谝，说着我们这里的土豆，也就是洋芋，有个专家在固原专门研究这个，和政府合作开发了这个红洋芋品种，营养价值和市场价值很高，而且绝对环保，后来政府不干了，这个专家就自己专门种洋芋卖，都出口了。我们每人呼噜呼噜地吸溜一碗热面。出门，他小儿子和姐姐出来送我们，马哥的小儿子刚结婚三天。我说，哎哟，新郎官！这少年笑笑，马少云就头也不回地跟上我们走了。

---

1　方言，指小时候。——编者注

天黑后回到固原城，我们端起杯子的半个钟头后，马少云就一直在唱，不知道什么时候唱起了《眼泪花儿》："走了走了，走远了，眼泪的花儿把心淹了。"不喜欢，因为这个词不像别的花儿词那样有意思，而且王洛宾也就是匆匆一过，这不是他的主要作品。然后马哥说我给你唱个《耳环子》："哗啦啦戴的是耳环子，手上戴的手缎子，腔子里吊的是银钱子，你是哥哥的命蛋子……"

"……八月里来八月八，我和我王哥拔胡麻，王哥一把我一把呀，我连我王哥并着拔。"我以前听过海原的马汉东唱过这个，《拔胡麻》，在平原这个调子叫"瞌睡子调"："瞌睡多来瞌睡多，瞌睡来了由不得我，只盼着婆婆早些死，一觉睡到就晌午过……"我是在永宁听一个叫张江的老人唱的，后来我用这个旋律写了："日头出来月亮落，日出日落由不得我，把这热血凉水过，树叶难再树根落。"——《发芽》。

记得马哥一直在唱，酒也渐深了，后来我们醉了，去了KTV，嘈杂吵闹的走廊，到处都是凤凰传奇和《天路》《飞得更高》。记得马哥唱兴未歇，只要我们房间有人放下麦克风，他就端起杯子，用花儿的嗓音唱流行歌，我终于也醉了，所以没记住他唱的哪些歌……

**附**　马少云，东乡族。1959 年上小学，十一二岁开始放羊。1976 年初中毕业后，第二年在村上当了一年的赤脚医生。1978 年，因为家里成分不好，父亲是右派，就当兵去了，在部队宣传队。1981 年退伍，继续当农民，种地。1985 年做生意，跑运输。1991 年就当选为酸刺村村书记。

1981 年经过别人介绍认识了西吉什字乡的妻子。

现在有四个女儿两个儿子。我说马哥，你真是多子多福啊。

# 张 建 军

## 去 冯 记 沟 乡

我和老何去盐池，居然路过鄂尔多斯草原的边缘，老何说这里的很多房子没有院子，在盐池的草泥洼，每一家都不用锁子。长途车里放着刘德华的歌，声音很大，一会儿，开始放武打片。一个多小时后，他接电话，换了浓重的盐池口音："我们到了刘八庄哩……"再过一会儿，到了县城，看样子盐池昨天刚下了雪，阳光刺眼、通透，雪地斑驳。

老何有一个画室，收了很多孩子来学画画。他领他们到县城近处的二堡写生，一个典型的农庄。晚上大家喝酒，我就计划着要去听小曲。我问老何能不能找个这方面相熟的人，老何就介绍了文化馆的张建军，花儿歌手，个子高高的，笔挺的毛料子，打扮挺齐整。他要去冯记沟乡指导排练秧歌，早上上车前握了手，递给我一张名片，我一看，白纸底子黑大字："西北著名花儿王张建军电话……"，我肚子里笑了下，赶紧上前再握一下手，就算认识了。他可能喝了一夜酒，在路上说些宁夏花儿的事情，春风得意地发些牢骚，说着某某领导来的重要演出净叫些不如他的歌手去唱了，老一辈的花儿歌手没有好的际遇了，上次演出某某没有发挥好闹了笑话了之类，还有对宁夏花儿现状的不满。他是得过沙湖杯花儿比赛金奖的，把自己的奖说了一遍。我遇到的好几个花儿歌手都是这样，我也就问了些外行话，张建军对我提出了"说唱"的概念，"要字正腔圆呢"，他一口浓重的陕北普通话。

到了乡政府大院里，白帽子回民们，揣着兜很慢地来办事，他们相互漫不经心地打招呼，这里所有的人都相互很熟悉，很慢地走来走去。

他们在乡政府商量排练过年的社火和秧歌，鼓号手在商量人员的丑俊挑选，他们投资了补贴和费用。副书记的办公室里，有村民来说家里的房子塌了，因为旁边地质队放炮，要求解决或者赔偿。副书记是个中年汉子，就来回支应。我看这个院子里就他最忙。

## 去 铁 柱 泉 村

坐乡上的车去铁柱泉村，张建军开玩笑问村子里的婆娘们俊不俊？司机笑着说，你怕不敢骚情，这个村子男人们都是会武术的，好像叫张家拳。张建军就起哄说，男人们的武艺高，但是杆子硬不硬呢？

一会儿到了铁柱泉村，这个庄子是明代的一个将军领兵驻扎，后来朝廷忘了召他回朝，就在此地繁衍而成村庄。一路可见依水草而居的迹象，阳光下空旷的冬日枯草，沙丘延绵起伏，土路颠簸，我们就进了村。村主任张主任的家是一个大院子，张主任很热情，倒茶抽烟，大嫂在院子忙着，一边和我们打招呼，也很热情。在他们商量秧歌的中间，我问起附近的小曲艺人，他说我们庄子的人才很多，一会儿可以组织人给我听，也可以看武术表演。过了一会儿，凑了八个鼓手，相互说着秧歌的鼓点。曲子叫《冯记沟迎宾曲》，用了宴席曲的曲调，但是用了大调的主旋律创作，一听就是歌舞团文工团的套路。我在炕上坐了一会儿，发现是热炕。

下午，他们来回对着鼓点，是个三捶的格式（仓才才——仓才才——仓才仓才——仓才才[1]）套七捶。黄昏的时候，在另一间大屋，生了火，热了炕，村民和文化馆员等围了一张小桌子，打开两瓶大夏贡，用了很大的盅子开始喝，一边叫人去寻小调的唱家，听有人喊着说叫张广智。酒过几关了，来来往往的村民，有的手在炉子上围着谝两句，顺手端一杯喝掉，就走了。

张广智走进来的时候，神情有些木讷，手里夹着半截烟，半低着头。大家都把他往桌子上让，他说不喝不喝，还放着羊呢。人们都七嘴八舌地端盅子给他，于是喝起来，谝着过了几盅的时候，就叫他给唱一会儿《珍珠倒卷帘》：

一月里来哟，是新年

岑彭马武夺状元

岑彭箭射金钱眼

马武刀劈九连环……

唱了十个月，说是忘了词，又换了《绣金匾》，大家就叫他唱个《十劝郎》。

---

1　"仓""才"在此均为拟声字。——编者注

正唱得好处，张建军让换个调子，说有没有更多更新的。我打断他，请张广智再接起来时，已经不如前面精彩了，他就换了"三十里的黄沙，五十里的水，七十里的楼上我瞄了你几回"，不想那边的一个老村民用同样的调子对着"头一回瞄你呀你没有在，你妈妈说你把家……"大家就撺掇"第二回，第二回咋可呢？""第二回瞄你，你没有在，你妈说你城东挖苦菜；第三回瞄你，你没有在，你妈妈她打了我两锅盖……"大家都在"打了我两锅盖"处一起唱，再左一句右一句，绕到信天游上面，我听得有道情²的味道，节奏从三拍子转到了整齐的四拍子：

大红冠子金公鸡，人家都说我和你，本来咱俩没关系，咿儿哟，好人落下个坏名誉、坏名誉。

对着唱：

红"孩"（鞋）头子扎花花，十六小子要大妈，我是男人我在家，咿儿哟，只想要个小娃娃、小娃娃。

大家都在鼓掌起哄，空气热了起来，张广智的脸上也鲜活起来，"你大（爸）爱银钱吗，给你就寻下一个老汉汉，又抽洋烟是又耍钱，那个咿儿哟，误了你的青春和少年；大嫂你么笑嘻嘻，我俩好像哪个庄见过你，咿儿哟，咱俩就结成个一对对……"

酒劲正冲着，张建军亮开嗓子唱了《白牡丹令》，他的嗓子真亮，我一直在奇怪，为什么这些花儿歌手个个酒量好，烟瘾也大，嗓子却那么亮？直到2008年见到王德贤，我才知道，传统的花儿都是尖音，是需要学会假声的，所以就省下不少嗓子。王德贤说每次要演出之前他有半个月是不碰烟酒的。我注意到他和别的花儿歌手不一样的是，他是假声少真声多。大家喝得忘记唱歌，我和广智到隔壁的屋子，单独录下了完整的《珍珠倒卷帘》和《冻冰》，很好听。他47岁，放羊为生，生活还可以。冯记沟乡现在都实行退耕还林，政府定期按人头发放粮食和每月的生活费用，他就自己攒二十来只羊放。

这一天，到晚上十点左右就曲终人散。在院子里看去，月朗星稀，万籁俱静，我睡在了土炕。隔壁屋子的呼噜声已经此起彼伏了。

---

2  "道情"，中国传统曲艺品种的一个类别。——编者注

未明，远处鸡叫，火炕烧得太烫了，我一夜没有睡着，起来和张建军谝些花儿的事情，我给他哼了些曲调，他都能说出在花儿里的出处。说起一些花儿歌手的际遇，他就感慨着，宁夏的花儿歌手王科德，屡次获得很高的荣誉，一直贫困，有关部门给他解决了几次工作，都被本地相关的办事人占用名额，替换成自己的亲戚。王科德一怒之下，撕掉了自己所有的获奖证书。据说他善于用反八度唱桃岷花儿，就是音高和女声一样。李凤莲早期也不被西吉回族乡里所接受，90年代初才被解决工作，当时她已经40多岁了。马汉东（据说是马生林的弟子）是2003年解决工作，在海原县剧团管道具，住在剧团的门房。马汉东解决工作一事在海原还引起了震动，从此当地的回族才叫孩子学艺，因为"汉东叔叔现在吃公家饭了"。张建军又说自己，是1998年宁夏沙湖花儿赛的金奖，他认为是大家羊肉吃腻了，想吃些苦苦菜，所以民歌手们应该抓住这个机会。我就笑他，你现在都是副馆长了，什么时候升官呀？他就说起花儿歌手们好多不识字，张存秀、李秀莲都不识字，这样就影响他们的发展。但是我认为这不是花儿无法发展传承的主要原因，首先是大家的生活变了，连地都没有了、羊都不用放了，那唱得什么花儿？还有，越来越多的歌手用Midi伴奏，这个会不会影响花儿的自由节奏？

　　我俩谝几句争几句，天大亮了。张主任叫洗脸吃饭，并舀了些热水在盆里，我洗完之后，把脏水泼在院子里。

张建军惊讶：你怎么把水倒了？我说我洗过了，脏水啊。他说，在乡下，不能讲究那么多的，能洗一把就行，一盆水大家你洗完我洗。

我很不好意思。张主任的门口三十米处的空地上，立着"爱德工程"的碑，我抄了下来：

## 爱德铁柱泉人畜饮水项目

### 简介

该项目由盐池县爱德项目办公室、水务局和农民共同筹建，项目涉及冯记沟暴记春行政村的铁柱泉、要冰洼、杜圈、张记场四个自然村，项目建取水井一眼，铺设PVC管道十八公里，架高压电线二百零二公里，共投资五十八万元，于2005年11月4日竣工并交付使用，项目建成后，可解决一百四十户农户七百一十七人、四千五百只羊的饮水问题，同时为发展庭院经济创造了条件，该项目将作为社区发展公共品，由村民自我管理。

在村旁一里左右的地方，有一座沙化了大半的明代城郭，大青砖从残缺依稀的城门上掉了一地，百米开外有一眼泉——铁柱泉——凭空从地下冒出来，结成了冰，干枯而杂多的芨芨草，十几头牛在泉边游荡，面东一座小庙，就是两间小房，里面的墙上画着苏武牧羊的形象，作为圈神；还有释迦牟尼和观音。自从退耕还林，农民们都不用种地了，每日闲着，政府会发粮食和钱，每人每月大概能领到五六百元的样子。不过很多人还是偷偷放羊，他们笑着：羊不吃夜草不肥。

我要去冯记沟，但是村里没有车，他们昨天说好的今天十点开始排练秧歌，原定六十个人，现在十点多了，才来了四五个人。时间在这里，就是用来被消磨的。

大概中午的时候，又有些人来了，女人居多，分成两队。张建军穿着笔挺的西装，外面是棉的休闲夹克，给她们辅导着，"咚咚起呛起，咚咚咙咚起呛起，咚咚起呛起，咚咚咙咚起呛起。"工作服和棉袄还有红红绿绿的羽绒服，就在土黄的场上舞动起来了。我想我或许也应该学会让时间慢下来。十二点四十五分，终于坐上了副乡长下来看秧歌的车离开，我冲张建军喊了一嗓子，招招手，他没听见，不知道在说什么，女人们咯咯咯笑得摇曳不止。去冯记沟，那里才有去县城的车。

过了几个月，老何来电话，说张建军音乐已经写好了，有花儿、信天游，还有流行的，等着你俩合作呢。我说我不是花儿歌手，也写不了那些词啊，让张建军自己独立完成，我来尝试协助推广更好，或者我来给他录音，就清唱的。（王向荣不是就出了清唱的CD吗？）不知道老何转告了他没，后来就没了音信。

又过了几个月，张建军来银川了，我赶紧给张广智刻了他自己唱的曲子，托他带给张广智。我们喝酒的时候我答应回银川刻成碟给他的，务必带到，铁柱泉村明显是很难寄东西的，张记场也一样。张建军说，张广智的日子"过不到人前头"，可能没有CD机，我说那也可以到别人家里听。和张建军一起来的是个青海人，好像要给张建军出一张专辑或者放入合辑。中午吃饭我们没有喝酒，他在抱怨昨晚张建军喝酒时一直不停地唱，到深夜，不管别人愿听不愿听。

再见到建军的时候，已经是五年后了，那天盐池又大雪，我又去找老何。张建军跺跺脚进来的时候，好像一下子老了很多，低着头带着笑，叹口气，喷出一口烟，说演出也少，老婆这几年病了，在家待了段时间，经济上一直也不富裕。具体我也没有问，我知道他们文化馆弄了一个艺术团，招了很多"80后"和"90后"，歌舞更现代，应该对建军有一定的冲击。

但是还好，杯酒长精神，酒桌上他依然是那么亮的嗓子，动情地唱着夹杂陕北口音信天游的河州大令。

那天，有人和我连碰了最少二十杯酒，菜还没看清楚长什么样，就倒了，只记得和张建军搂肩搭背，说着荤话，去吃羊杂碎，应该是深夜吧，四顾黑茫茫，我就醉昏过去了。

**附**　　张建军，祖籍宁夏永宁县，共产党员，大专学历。1964 年出生于一个音乐世

家，从小受家庭熏陶，喜欢唱歌。1984 年高中毕业，当年应征入伍，1986 年

复员，被分配到宁夏盐池县文化馆工作至今。当年秋天被宁夏花儿艺术家安妮

老师看中，收为弟子学习花儿演唱。

为了心中的"花儿"，多年来，数次到内蒙古鄂托克前旗、后旗，陕西以及青海

等地拜师学艺。在老师们的指导下，刻苦钻研，认真学习各地民歌及其演唱技

巧和风格，不仅掌握了宁夏"花儿"的演唱特色和技法，还能够熟练演唱内蒙古

的"爬山调"和陕北的"信天游"，时至今日，成为唯一同时会唱这三种民歌的民

间艺人。

2010 年被宁夏回族自治区非物质文化遗产中心评选为"宁夏回族山花儿代表性"

优秀传承人。

（张 建 军 提 供）

# 曾经有个家里
# 响起手风琴

　　关于上一代搜集整理银川民间音乐的人，我曾多次在银川搞音乐的前辈处听到王仰甫这个名字，很想知道他的生平。我曾和他的小儿子王磊共过事，我们在刘宝熊的走穴团里都是乐队的，他弹电子琴，我弹吉他。但是我给王磊打电话的时候，他说，你找我哥，我父亲去世后我们不想再提这些事情，我哥那里有我父亲的资料。

　　我就这样找到了王勇。

　　王仰甫的本行是演奏家，在兰州部队战斗歌舞团专职手风琴，王勇记得父亲很爱拉一首俄罗斯的曲子《小苹果》。我听旁人告诉我王仰甫对三弦和琵琶都精通，不知道为什么后来调到银川群艺馆，负责群众文化工作。

国家文化部和中国音乐家协会在 1980 年左右发起编纂《中国民间歌曲集成》，加上戏曲和曲艺大概有一百多卷，全是超重的大书。1979 年开始，王仰甫作为银川市民歌集成办公室工作人员，主要工作就是搜集整理民间音乐、忙活中国民歌集成这件事。对于王仰甫来说，这本身就是一个痴迷的爱好，他可以废寝忘食，有时为了录音几天住在庙里、寺里，老顾不上家，也为了这些事和妻子吵架。其实他的生活习惯还挺健康，不抽烟不喝酒。他耳音好，记谱就快，基本上三遍听下来就能写下歌手唱的旋律。旁人告诉我，他人也随和开朗，在公家预算不够的情况下，还经常自己贴钱给民歌手。他还有一个搭档叫杜慧向，按照宁夏坐唱[1]徐明智老师说的，骑辆没有闸的大"二八"，带个砖头录音机，不用说，肯定艰苦嘛。

王勇给我看了一张他穿军装的文艺兵时的照片，很帅。从他的

---

[1]　宁夏坐唱：宁夏土生土长，也是宁夏至今唯一的一种地方曲艺种类，创始人徐明智通过多年对宁夏小曲、眉户以及宁夏方言的挖掘整理，创造出了具有宁夏本土风情的曲艺种类，1978 年被正式命名。其唱词不仅具有浓郁的民族特色、地域风格，而且具有鲜明的时代、人文特征。——编者注

个人资料来看，民歌搜集数目确实很大。王勇跟我说，这样过了几年，《中国民间歌曲集成》（宁夏卷）终于发表后，王仰甫所搜集的几百首民歌的七成，搜集者名字被换成了别人。王仰甫接受不了这个事实。1993 年，他拿着他的录音带和谱子去打官司，要求纠正署名的问题。但是有关部门告诉他，必须提供很多证据，比如要找到当时所录音的对象作证。但是几百首歌、演唱者几百人，能一个一个找到？他们又都在农村，很多老人都去世了，即使再找到剩下的人，请他们证明当初是王仰甫记录的，谈何容易？普通人根本做不到，也就只能作罢。从那以后他身体就一直不好了，从离休到 2005 年 7 月 2 日去世，王仰甫享年 74 岁。

他去世后，王勇悲愤难抑，烧掉了六分之一的资料和奖状，干什么呢？在物质上没有得到什么实质的奖励也就罢了，连署名都被换了，只能发泄一下，与其别人拿走，不如自己烧了。王勇领我到这个老房子的阳台，指了指大纸箱子说，你看看，这么多资料，都在呢，名字换成了别人的。

我也只能听一听，不知道怎么宽慰他。他给我听了下《四哥上工》的小曲，坑坑洼洼的声音，是永宁一带的民歌。我说我也录过一个版本，老艺人们年龄都大了，你赶紧整理一下吧，磁带都是有时效的，磁粉掉完就完了，估计现在好多都听不成了吧？

王勇说："我们哥儿几个，老父亲去世后，母亲就病了几年，都是我伺候着呢。我母亲后来去世后，我啥都没有，自己也病了一场，脑梗，这两年才缓过来，所以一直没有时间整理，要整理也得四五年时间呢！宁夏民歌的搜集工作，我父亲的贡献要比改他名字的人大得多。"

我安慰王勇说："这个现象很普遍，每个人都会碰见，没有人会躲掉，不管是单位还是外面，太多了，谁有那个劲儿去告呢？也不要太放心上。"

王勇说："你能来找我了解我父亲，说明他生前默默无闻，被不公平对待，但是人民还没有忘记他。"我说："我也代表不了人民，人民自己也都忙了一天，人民谁都能忘记呢。民歌集成当时确实花费了很多人的心血，但是大厚摞子没有声音光有谱子的书，谁会去好好研究呢？这些是是非非的，不说了吧，你就说说你父亲的贡献。我是好奇你小时候，有没有听你父亲给你们讲一些关于民歌的事情？你父亲有没有用手风琴拉过宁夏民歌？"

王勇并没有理会我，说父亲在民歌集成之事发生后心灰意冷，不愿提民歌这些事。不过王勇和王磊的手风琴都是父亲亲手教的，王勇7岁跟父亲学手风琴，2010年评上了国家二级演奏员，算是副教授级。说起手风琴，我问他在单位拉得多不多？他说已经从歌舞团调到文化演艺公司了，单位事情不多，现在家带着十几个孩子学手风琴，周末讲课。现在学琴的人也少了，连钢琴学生也逐渐少了，娃娃们学习任务太重了，根本没时间学。

他的《马刀舞曲》拉得最规范，给我看了银川媒体采访的复印件，上面写着"王勇：《打虎上山》最拿手"。我说，那是你爹教得好吧？王勇就说父亲更多强调方法和勤奋，小时候学琴时，哥儿俩是线谱和简谱同时交叉进行。练琴前，先教唱半小时乐谱。直到现在，他们兄弟教学生还是用这个方法，啥叫技能？父亲告诉他们，一个动作多次反复就是技能。你反复的次数越多就越熟练……

我从王勇家告辞出来，回家里找出一本旧的《银川歌谣》，在最后的327页到340页这个章节叫"有代表性的曲目"，其中22份谱子里的采编名单，有20首有王仰甫的名字。这起码说明了，他确实担任着主要的采编工作。

在他的资料里有另一段他自己记录的过程：

《和尚送我一盘带》[2]
那是1985年3月的一天，我与杜慧向同志去北塔寺搜集佛教歌曲。第一次去时，对法悟和尚谈了来意，他说："佛曲不外传。"第二次去之前找了法悟的一个熟人，请他帮忙给法悟说一下，所以去了之后很顺利录了五首佛曲，准备记词时，他说："今天有事马上要走。"第三次去时，我带着照相机，请法悟和尚穿着他的袈裟，坐在北塔寺下，照了两张不同姿势的照片。他随后拿出佛经书，把五首佛曲词填上。第四次去时已是秋天，10月上旬，一是给他送照片，二是将我记出的他唱的五首佛曲送给他留念，法悟非常激动地说："我的病情严重，要走了……"接着又说："出家人没有什么送你，我这里保存了几年的一般（应该是'盘'）磁带送给你，希望你把它记出来……我是看不到了……"

我感慨万分，将这盘磁带记出。这盘带分别由三位和尚唱出。1. 有一位和尚弹着三弦唱了三首佛曲，其中两首正调，一首反调；2. 平罗县武当山一位和尚唱了

---

2　我不知道这盘磁带在茫茫佛曲之海里所值几何，但是可见法悟老和尚对此的珍惜。在资料里我看到了一份佛曲目录，这盘带所指应该是：大阿弥陀赞、炉香赞、祥云赞（北方）、佛宝赞、大阿弥陀赞、弥陀赞、佛宝赞、炉香赞、十方一切刹、三弦和尚（一、二、三）、叹骷髅、西方赞。

三首佛曲;3.北塔寺法悟和尚唱了一首佛曲。

人虽去，音容永存！

银川市群艺馆离休干部　王仰甫

2004年10月

其实我在旁人那里听过王仰甫当时很艰苦，工作却一丝不苟，但是看着年近六十的王勇，靠在凳子上面带悲愤，我不知道在他童年的很多个夜晚，在屋子里有炉火、满是土豆白菜气味的冬天，他父亲有没有拉起《小苹果》这样一个有童谣意味的曲子？

---

附　　王仰甫

　　　银川歌谣主编

　　　银川市民间故事办公室成员

　　　银川市民间谚语办公室成员

　　　歌谣三十六首，故事二十二个，谚语八十四条

**另**　王仰甫，20世纪30年代初生于陕北，成年后参加西北野战军文工团。1954年以兰州部队战斗歌舞团演奏员的身份，到俄罗斯培训了两年，琴技大进。王仰甫在"兰战"是专职的手风琴演奏家，三弦和琵琶都很出色，估计是和陕北老艺人学的，在去俄罗斯之前就会这些乐器。

1962年，王仰甫从"兰战"调到银川市武装部当文化干事。1964年调到银川市工会。1969年和戴文英、肖文英等五人领导小组共同组建银川市毛泽东思想文艺宣传队，即银川市文工团。1971年调到银川市文化馆（后改称群艺馆）一直到离休。2005年在银川去世，享年七十四岁。

王仰甫在2004年写了一份自我介绍：

王仰甫，男，七十三岁，汉族。1979年至1989年从事民族民间文艺集成工作，长期深入农村，走乡串户，寻找民间艺人二百零三人，收录磁带八十八盘，拍相片七十余张，搜集整理了民歌三百一十六首、唢呐七百五十首、管子乐曲三十首、笛子曲二十七首、三弦曲十八首、小戏两个、舞蹈五个、道佛教乐曲三十首，绘制乐器图十八幅。因其工作成绩突出，王仰甫同志受到各级政府的嘉奖：1986年被评为宁夏回族自治区艺术集成先进工作者；1987年获宁夏第二届民间文学"金凤凰"奖；1988年获全国十部文艺集成志书先进工作者称号、先进工作者奖；1993年文化部全国艺术科学规划领导小组《简报》（1993.2—3期）转载《塞上寻宝人》一文，介绍了王仰甫同志从事民族民间文艺工作的先进事迹。

# 一次夭折的
# 民间出版

　　2004年我开始接触民间音乐的时候，并不对花儿这一民歌种类有太多的兴趣，多半是因为歌舞团和电视里的宏大粉饰美声调子先入为主，别的花儿我们没机会听到。后来"土地与歌"论坛创始人、朋友宁二给我传来了王德贤的花儿，改变了我对花儿的看法。宁二和杨老师去甘肃找王德贤他们几个花儿歌手的时候，没有找到。直到大概2009年，我在银川"非遗"申请名录里看到了王德贤的名字。当时他是以贺兰县花儿歌手身份上报到了银川市，好像当期他没有申报成功。我给文化馆打电话问的时候，工作人员告诉我，他的花儿不正宗，不是宁夏花儿，是从甘肃过来的。言下之意，他理所应当没有申报成功吧。于是我要了他家的电话，找到了王德贤。

交往一直是很轻松愉快的，我告诉他我是个花儿爱好者，来学习和看望他。老人很高兴，每次去他家我会带些小礼物给他们，老人有时也会拿出酒我们喝一杯，喝酒唱歌。这样去了几次，我就萌生了一个念头，可否给他出一个完整的集子？一是土家族歌手里这样级别的不多，他年纪也大了；另一方面，也出于我和朋友们对老人的花儿的喜爱。我就给我认识的不多的银川文化机构打电话，也联系了当时文化局的李世锋副局长，他也是宁夏早期采风者，他说这个事情由贺兰县文化馆出面比较好。我就给贺兰县文化馆打电话，得到的回复是，他们县申遗的人很多，没有那么多的人力物力挖掘，不可能给每个人都进行完整的记录、整理出集子。我问那我能否给他做这项工作呢？我做过一些记录，对方告知"他是我们文化馆挖掘出来的，别人没有权利干涉"。我当时觉得这个事情虽然复杂但是也没有那么难，就开始在博客里记录一些点滴，开始向外界介绍王德贤。

有一天我在北京，王老汉很高兴（甚至是惊喜）地打电话，说他的申遗成功了，前几天有人给他发了奖状。我也很替他高兴，我们都认为，花儿的系统整理工作可能要开始了。但是几个月过去了，老人打了几次电话问我，什么时候可以出集子？我说我再问问，又给贺兰县文化馆的马老师打电话，他是负责相关非遗事情的。马老师说，他已经帮老人解决了贺兰县的户口问题，也正在给他办低保，为了老人的事情也尽力了，馆里的工作很忙，他的身体那段时间也出现问题，过一段再着手这个事情。几个月过去，还是没有动静，看样子我们都不能等太久，我就想能否自己来出版他的集子？然后就在他家附近的田野上，录了十几首花儿和五六首小曲。每次演出前我会用自己做的河州大令王德贤的录音采样。但是有很多断断续续的地方，很遗憾，距离我们听到的1993年莲花会的录音毕竟过去了二十年，他的声音和口音，都已经受了贺兰山下银川平原的影响，发生了很大变化，仅仅凭这份录音，不能体现他一生的歌唱全貌。他和另外五个花儿歌手1993年的录音在甘肃郭正清老师处，如果我要帮他出版，需要得到郭老师的授权，我就给郭老师打过两次电话。郭老师说，他在整理很多花儿准备出一个集子。我告诉他如果他出一个王德贤的系统的集子，我可以提供他现在的录音，当然是免费的，而且我可以在文案和别的地方协助他。郭老师说，最近他很忙，暂时没有时间出。我提出能否把王德贤年轻时的录音授权给我，我来帮他出。郭老师说那个录音已经出版过磁带了，你不能用。

　　事情已经很明朗了，我也不傻，再这么等下去肯定遥遥无期，越来越觉得还是自己做吧。我的思路是这样，找朋友惠冰帮忙，请他向单位申请一个版号，以出版社的名义出。惠冰也觉得这是个好事情，可以申请出版社的帮助甚至是资金，当成一个花儿的项目来做。我当时觉得太好了，不管怎么样，只要能正式出版，这些歌就会留下。王老汉时不时给我打电话，问出盘的事情。正赶上央视《民歌·中国》栏目做采访，我主动提供了王德贤的资料和我拍的照片、录的音频。后来我几次去他家，老人都一再提出自己的疑问：你一趟趟往我这里跑，到底是为了什么？不赚钱吗？然后我一再地把来龙去脉解释清楚，我主要是想留下这些歌，没有别的目的。几乎所有关于我的采访，我都会把记者带到王德贤家里，以我浅薄的知识一再地介绍花儿。惠冰也在夏天做了一个专访来推荐王德贤。老人很期待完整地整理出版，惠冰安慰他说大家都在帮忙，会想办法的。

其实惠冰已经在申请相关的制作资金，但是后来我考虑，如果体制的资金注入，制作的意图、包装和设计甚至整体的设想很可能不是原始的记录，而我的主张一直就很清晰：就是不加任何修饰地、客观地、原原本本地记录他的歌声，一定要清唱。我知道，王德贤的声音，已经留不住太多年轻人的耳朵，这是快速的时代。尽管这个工作给老人带不来什么太多的实际收益，仅仅是能被以后的人听到，他的生活也不会因此有任何改变。我也一直没有告诉老人，这是一张不好卖的唱片，所以还是考虑尽量客观地记录。正好李志再次打来了一笔钱，这本是支持我自己音乐创作的基金，但我当年出不了专辑，就想用来帮助留下好的民歌，起码比我去喝了酒有价值，所以就打算用这笔钱来做，不够的部分，就自己凑，朋友宁二和小坚也表示如果需要，大家来出钱，一起帮助王德贤。我们在北京聊这个事情的时候都很兴奋，都觉得越来越有希望。

我们考虑了整个环节：版号——由出版社出，这样，一旦有王德贤年轻时录音的版权纠纷，能扛得住；设计——也和我的专辑设计师宋红柳打了招呼；销售——我打算在以后自己演出的时候和我的专辑一起卖，和银川的新华书店领导也打过招呼，可以上架……各方面都说没问题，需要的话大家都会一起搭把手。这样制作上相对简单，但起码我们打算自己用认真的工作来珍惜这次出版。最后，所有售出的款项和版权收益，全部归于王德贤本人。我们起码表明了态度，这和钱没有关系。

事情有了这么大的转机，我就越发想着赶紧脚步加快一点，正好《南方都市报》冯翔要做关于我的采风生活的专访，我自然又聊到这个计划，后来约好了记者飞来银川，我进行我的记录工作，他在这个过程中采访，都顺理成章。但是2012年8月8日的时候老人突然说，总是看见有人给照相摄像，又没有什么经济收益，不想再录了。我一听，不知道说什么好，一再解释这次是我和朋友们出钱，即使有了经济收益也是你自己的，我们不会贪图你任何东西。他说见面再说吧。

第二天我去了老人家，把我的意图和为什么这两年来一直为了他的集子奔波告诉他，我只是想让这个歌声留下来，录音、制作光盘、文案都是我们来自己掏钱做，但是卖多少都归他，我也告诉他我估计销量不会太好。后来老汉说可以录，就是亏了我了。我说没关系，这个事情咱们要认真，再好好录一次、录完整。我还再次和他核对了歌词。老汉拿酒给我喝，我也喝了一杯，然后我高高兴兴地回去了，准备录音的工作。8月10日早上，王老汉打电话给我，说，小苏，这个事情，我还是不录了。我说到底为什么呢？老汉说，没有一点经济效益，就不做了。我说王叔，昨天说得好好的，到底又怎么了？他说，我考虑我自己没有经济效益，我不做这个事情。我说王叔，那也不强求，以前的东西可以出吗？还是你想提前得到报酬？他问能给多少钱？我不知道怎么办了，说，王叔，我们不会要你任何东西，版权和任何相关的收益都是你的，比如我帮你出钱种瓜，然后卖瓜的钱和瓜地都是你的，和我没关系，我只是觉得你应该有个完整的记录。如果你想录，我可以给你一千块钱的辛苦钱。（其实我说完就后悔了，如果他实在不想录，我也不强求。）第二天老人打来电话，说考虑好了，不录了，以前的东西你们也别用，就这样。我说那好吧，你自己决定吧。于是给记者冯翔打电话，说王德贤不愿意录音了。冯翔如约来银川，他坚持要一起去劝说王德贤，看能否按照原计划录音。但是，王德贤老人依然坚决肯定不再考虑了。尊重他的决定吧，我说我还是会提着东西去看他，没事儿和他喝两杯，学学花儿。但是，我觉得太遗憾了，为这个事情自己前后奔波了快两年了吧。如果我没碰见这个事，我也不会这么上心。不录音的理由我都接受而且充分尊重。失望是肯定的，也打算调整下方法，总不能因为这件事以后就停止花儿采风了吧？做这样的事，也需要有好的规划。

每个人都有自己的生活和要做的事情，王老汉儿孙满堂，我给他们拍过全家福，贺兰山下，阳光照着他们的院子和金黄的玉米，孩子们笑着，让人觉得他们的生活是富有的。其实这只是他们生活的小插曲，也和拯救字眼没有关系。每天电视里都传出响亮的口号，哪一句民族音乐走向世界的口号都比我们这些小事儿来得凶猛。所以，这算啥？

远看这黄河浪高过头
飘过山，云儿隔断听岸口（昨天这水流明天这路走）
千山和万水，　　　再把君赶走，五处彩虹清
哎哟哟　　　　　　　本
看走就带走这急流　　把走上手追赶急流

你走的时候招一招手　　远看这黄河浪高过头
拉手的人儿各自白头　　匆匆的身儿已过两棵
唱下这酒啊，　　　　　千山和万水，哎哟
顿一哟　　　　　　　　背上这人儿，这急流
唱起歌儿哦哟哟　　　　你走的时候招一招手
哎哟哟哟哟　　　　　　拉手的人儿各自白头

　　　　　　　　　　　嗯坐在这路啊！天这路走
落下（人日头）山高路陡（在这山走了新的路走）
匆匆山岸儿已过高峰　哎一哎哟
万家灯火（烟囱和灯火）唱起这歌儿哦哟哟
哎一哟　　　　　　　　（谁抱过急流带走）
昨天这水流　明天这路平走（谁抱这急流带走）
千山万水，这急流，不搪当
谁去接儿，唱哪天，哦哟哟

20×20=400 (佳兴纸品)

# 瞎花花

青线线的那个蓝线线，蓝格英英的彩，生下一个兰花花，实实地爱死人。

五谷里的田苗子，数上高粱高，一十三省的女儿哟，就数那个兰花花好。

正月里那个说媒，二月里订，三月里交大钱，四月里迎。

三班子那个吹来两班子打，撇下我的情哥哥，抬进了周家。

兰花花我下轿来，东望西照，照见周家的猴老子，好像一座坟。

你要死来你早早地死，前晌你死来后晌我兰花花走。

手提上那个羊肉怀里揣上糕，拼上性命我往哥哥家里跑。

我见到我的情哥哥有说不完的话，咱们俩死活哟长在一搭。

——陕北民歌《兰花花》

前几年就听李小馥说过，永宁地区以前有一个要饭的，唱小曲很有名，因为是瞎子，所以叫瞎花花，也有人叫夏花花，是个"瞎仙"。李小馥他爸生前是永宁县文化馆的，当时参与编辑民间音乐集成的时候，去打听瞎花花，才知已经去世三年了。据说她见什么唱什么，别人随便起个要求眉目，她马上就用说唱的形式押韵唱一段，还很好听，从来不磕绊，有些她编的段子还传唱开来。

后来我专门打听过这个人，我去永宁找张江的时候，问那个拉我的蹦蹦车老汉司机，你们这儿有另外唱小曲好的吗？他说以前有个老婆子，要饭的，唱得特好，经常在这片转悠呢，这些年不见了。我说是否姓夏？他说不知道，光知道跟着女儿过来的。见到张江，向他打听夏花花，居然说是个中年男人，唱得不行，后来不知道去了哪里。

2005年左右，我在一份偶然得到的民歌集成的资料里，看到了这样的一段介绍：

杨风花（夏花花），女，汉族，宁夏平罗黄渠桥人，生于1918年，卒于1981年，享年六十三岁。其父杨师傅是厨工，后迁居永宁县胜利九队，并在贺兰县常信乡新华七队居住过。杨师傅生子女六人，杨风花为三。三岁时因出天花，双目失明，人称为瞎花花。（为尊重残疾人士，文艺工作者称其为夏花花。）杨厨师见女儿失明，将其送给银川南关姓何的看庙老汉。何氏娶妻后，其妻对夏花花百般折磨，让她吃大烟籽想毒死她。夏花花不忍其害，独身逃走，到银川街头讨饭。后随一个打"莲花落"的乞丐要饭学艺卖唱以谋生。数年后，夏花花嫁给贺兰县常信堡一姓张的鞋匠，生一男一女，均被其父卖掉。后鞋匠因病死去。夏花花于1951年又嫁给永宁县胜利五队谢天元为妻，生二女。以后一直住在永宁县。1981年夏，病故于永宁杨显村五队。

夏花花的卖唱有三个阶段，第一阶段是童年学艺卖唱；第二阶段是嫁给张鞋匠后，儿女被卖，丈夫病故，迫于生计在贺兰卖唱；第三阶段是1951年嫁给谢天元，1959年谢病故后，为抚养幼女，在永宁、银川、贺兰等地卖唱。那个开蹦蹦车的说的，就是在第三阶段的夏花花。传说中的"张口就来"，是说她有即兴的能力。后来听徐明智老师也说起夏花花，他见过几次，脸上挺多麻子、失明，几次自杀未遂。徐老师说，见到她的时候，她很可怜，在永宁胜利五队的马路边，半间茅草房，盖的是百家被，都是周围村民那些个婆姨给凑的三角形碎布子。冬天，正赶上生产队都挖炕，填土填到地里，瞎花花的炕被挖掉了，她自己是盲人，就把麦子草都烧了，睡在草灰里。1965年搞"四清运动"，徐老师会说快板，经常被叫去表演《毛主席下了十六条》之类的，他也把瞎花花叫了去，她"张口就来"："'四不清'的干部是黑心肠，多吃多占扣咱的粮，咱们贫下中农坚决不让……"那时光景，正常人尚且荒成那样，她要饭可想而知。有时候生产队的车从土路上拉豆子过去，她就赶紧跟在车后面在地上摸，豆子掉地上有声音，咔嗒一声，她就赶紧寻着声音在路上摸，摸半天摸到了就装上。

民间的老小曲唱家，有的拉着胡琴唱，有的弹三弦唱，瞎花花不会别的，就用一对撞铃敲着唱。徐明智后来用宁夏坐唱发展了小曲，使之变成对唱形式，在渔鼓和简板上加了一个撞铃，他自己弹三弦唱。这是受了夏花花的撞铃的启发，徐老师说，这个女人之外，再也没有人把《兰花花》唱得那么好，唱得那么苦！

车穿过尘土飞扬的土路，路过了臭气熏天的望远工业园区，我走过崭新的永宁县，玉环飞燕皆尘土，人们在崭新的高楼下面跳广场舞，在"豪气冲漫天，中华有神功"的轰天音响中舞动着太极扇。街两边的时装店生意正好，丫头们拿着"爱疯四"自拍。我想，以后，谁也不会再想起，或者，从来都没有什么人知道过，曾有一个要饭的叫瞎花花，带着她的女儿，也带着她无边的黑暗，唱："缝纫机要锁边的，自行车要冒烟的，手表要带日历的……"

EARTH AND SONGS

SU YANG

辑二

一条路

这双眼睛里的世界开始有了不一样的色彩，却又顺着时间看了回去，仿佛又回到了十四岁，第一次看到流沙河讲的那些"关关"呼应着的"雎鸠"。

# 门 外 汉 的 眼 睛

我上学的时候很爱看书，在数学、语文、政治等课上，看完了《水浒传》《三国演义》《七侠五义》《岳飞传》《杨家将》等书。一个偶然的机会，我的语文老师表扬了下我，鼓励我参加兴趣小组，父母就很高兴，给我订了当时的《星星诗刊》。

这大概是 1982 年，我十四岁。我们有一个很严厉的英语老师，她的课上我们都很规矩，没人敢交头接耳搞小动作，那就只有看小说了。我不知道是怎么把《星星诗刊》带到学校的，应该是我带错了书，没带小说，所以那天英语课上我实在无聊，只有偷偷翻开了这本《星星诗刊》。

《星星诗刊》当时在每期的后面，有一个叫《十二象》的讲诗的系列，是流沙河写的，他没有急着讲诗，第一个"象"，他讲的是《易》之象，就是在《诗经》出现前，《易经》里面的象征手法的筮辞，由此说到象征，到中国诗歌独特的兴象、隐象、喻象、拟象等等，后来他都归为中国诗歌的意象。在这个过程我也知道了王维，知道了刘禹锡，知道了"窗含西岭千秋雪，门泊东吴万里船"，知道了"玉容寂寞泪阑干，梨花一枝春带雨"，也知道了埃兹拉·庞德的"人群里这些脸忽然闪现，花丛在一条湿黑的树枝"。

看到他讲意象的时候，我才知道，噢！那些看起来很优雅高端的诗人，他们都是靠意象来闹事的！我抬头看着一脸青春痘的英语老师，她正在严厉地讲着某位同学一再错了的作业，但是我好像忽然多长了一双眼睛，已经知道了世界的一个秘密一样，偷偷自命不凡了起来。从此，我最爱上的就是英语课。

但是《十二象》越到后面，越需要静下心来好好地读，可英语是一个多么严厉的课堂啊，靠偷看是学不会的。所以，后面的我几乎都没看懂，但是更听不懂英语课，无事可做，宁可看着《十二象》发呆。

学校后来还要求我们几个写诗参加市里的比赛，我写了，当然没有被选中。

我没有成为一个诗人，也没有学会流沙河讲的诗和意象的一切。青春期以后，我都没有好好读过诗，就这样，慢慢忘了那些短暂的喜悦。这位老师也不会想到，曾有过一个像在教室窗外搭着手窥看黑板的孩子，一个最不及格的学生、正宗的门外汉。成年后，我总会借着酒劲儿，问我的诗人朋友们，为什么你们写的诗我总是看不懂？他们礼貌地对我笑笑，我只能喝我的酒。

但是在那些英语课上，我错误和浅薄地理解了意象的含义，就像我长了一双错误的眼睛。还好，反正我也不写诗，只有偶尔用这双错眼去看写意画，看不多的诗赋和小曲，看动心的山水，看动听的歌。

90 年代，摇滚乐来了。我住在同心路，走很远的路说很多好听话借来录像带，我们为之激动，心跳得震天响，但一句也听不懂，也没有办法学会让我倾心的琴技，更没有机会去看见那些让我激动的吉他手和歌手的灵魂。我开始后悔当初没有好好学英语，好吧，那就只有用懵懂的热血，和这双早就过时的眼睛，看过醉里挑灯看剑也看过英格威·玛姆斯汀，看过枪炮与玫瑰的《十一月之雨》（*November Rain*），看过恐怖海峡的《私人调查》（*Private Investigations*），看过普莱玛斯，也看过平克·弗洛伊德的《月之暗面》（*The Dark Side of the Moon*），就这样伴随和补偿木讷俗套的平庸日子。

2000 年后，大街上到处都在展示新新世界新新时代的时候，中年的我开始接触民歌，有一首花儿这样唱：

葡萄的叶子里一碗碗水

风刮是水动弹哩；

毛墩墩眼睛尕窝窝嘴，

说话是心动弹哩……

噢……


什么样的眼睛才能看到毛墩墩的眼睛和动弹的心！

再看：


阿哥连尕妹俩 —— 噢哟

一对对鸽子嘛 —— 噢哟

尾巴上连的是

噌 愣 愣 愣 愣 愣

仓 嘟 嘟 嘟 嘟 嘟

扑 噜 噜 噜 噜 噜

啪 啦 啦 啦 啦 啦

嗖 —— 地响

惹人的哨子嘛，噢哟……

这双眼睛里的世界开始有了不一样的色彩，却又顺着时间看了回去，仿佛又回到了十四岁，第一次看到流沙河讲的那些"关关"呼应着的"雎鸠"，他们在河之洲，却也在苍凉的山间，被山风吹得黝黑的窈窕淑女，虽不一定漂亮但是丰盛的生命，接受着那些粗糙的君子的歌声撩拨。

或许这一切，风马牛不相及？

苏阳手稿02

# 小 草

1986年，我有一个机会考了技校，成为化工厂的代培生。化工厂简称"宁化"，当时是新市区最大的企业，刚刚项目上马，招生时自然很多人都挤着进去。我们班多半是宁化的子弟，学习要是好，谁能来这呀？绿皮的慢火车，拉着我们去兰州，再从兰州到西安，两天一夜，都是十六七岁的半大尕子丫头，叽叽喳喳，很快就熟了。

我们的宿舍在四楼，全是宁夏人。老海搬进来的时候，我们一看就知道他是陕西人，个子比我还矮，背着包和大铺盖卷，鼠须胡，夹克衫，头发也是那种最老实的一边梳开的三七分，很短，低着头，用小眯眯眼看了我们一眼。我们也看了他一眼。他就笑笑，说："哦丝（我是）新来的代培生。"然后就一声不响地铺铺盖。

当时我每天玩吉他，半天弹不出个囫囵调子，每天就是"没有花香，没有树高，我是一棵无人知道的小草"，还半生不熟地学推拉弦，宿舍人都嫌吵，只有老海没有抱怨，说，没事，你弹得再难听我都能睡着。和他谝起来，知道他是陇县一个建筑公司来这里代培的，还带着工资呢，插班插到我们班了，比我们看着富裕些。我们基本上是月月在等家里寄生活费，然后迅速买烟买酒凑伙伙喝酒，半个月后基本就靠借钱过日子了。他比我们大两岁，日子过得不紧不慢，于是我每到下半个月就蹭他的烟抽，没饭票了，就蹭他的饭吃，他也不急。

我们一起，早上起来去食堂打个稀饭馒头和咸菜，蹲在宿舍楼下的花池子旁，和别的宿舍的边谝边吃。大喇叭里，放着那些谁也不去注意的歌，《敌营十八年》和《恰似你的温柔》。然后各自搭伙伙晒太阳，抽烟谝传，慢慢地混在灰蒙蒙的天气里。

班主任是一个很憨厚的陕西中年男人，说话很慢。他教的是物理，一次在课堂上，讲正弦波之类的，为了举例，他拿着个绳子，左右手抓着两头，左右手对拉，让绳子颤动，一抻一抻地说，你们看这是啥？有人就喊了一句：扯面！下面笑得东倒西歪。他依然没生气，也稍微笑了一下，说，不要捣乱，不要捣乱。我发现只要不在课堂上捣乱，老师基本不管我们。只有老海戴个眼镜，老实得像个老师，坐在那里认真地听讲记笔记，基本不参与起哄，看来老海是个好人。

当时西安很流行一种带跟儿的布鞋，我们跟风，每人穿一双，把头发留长，留成当时成龙那样的，显得比老海高一点。有一次我们晚上溜出去逛，碰上了几个抢钱的西安人，看我们不顺眼，就过来要钱，对方背着黄军挎，故意露出半个刀把，我们就跑，他们就追。结果对方被警察发现了，就把所有人都带到了附近派出所，我们作为被劫的，需要学校派人来领回去。但学校是规定学生不准晚上出去逛的，否则就处分。我们就给宿舍楼打电话，让老海冒充老师来领我们。等了一会儿，老海就来了，一进门，他很慢地摘下手套，像平常一样谦和地对那两个警察点点头，然后拉着脸子不紧不慢地走到警察的办公桌前，说，"'哦丝'安装技校的，学校叫我来领他们回去。"我们几个肚子笑得马上要喷出来，心说这势扎得老得很！警察倒是没有在意，到底我们不是罪犯嘛，就让他签了个字放了我们回去。一出门，我们高兴地围上来打骂他装得太瓷实了。他捂着头笑着跑掉了。

已经很晚了，学校的大门早都锁了，我们翻了进来，悄悄回宿舍。女生宿舍来人说同学曲霞肚子疼得不行了。以前没注意过曲霞，脸盘宽宽的，有点黑，不太起眼。和她开玩笑的时候，她也不像别人那么叽叽喳喳，但是会边笑边过来轻轻踢你一脚。

我们几个又回到大门前，看几个女生扶着曲霞，使劲儿摇铁门，门房没人，曲霞疼得直哎哟。我们就再翻墙出去，一个在这边，蹲下，曲霞踩上，两个在上面拉她，还有三个在外面，一个蹲着两个接应。去了医院，阑尾炎，要打吊针，我们都瞌睡，就说老海你陪着照顾一下吧，剩下的人就回来了。

还有一天，宿舍停电了，人都出去逛了，就老海和我各自躺在自己的铺位上，没事谝闲传。我说咱屋里一股苹果熟透了的味道，老海笑了一声，很神秘的口气，说，你还没闻出来吗？我说，啥东西？你知道呢噢？他说，我的东西。我想了想，说，好呀你爹给班主任送的酒被你克扣了？他说他爹让他带两瓶西凤酒，他留了一瓶，给老师一瓶，反正他们相互也不知道。我就跑去拉他的箱子，他就过来了，说，我拿，我拿。我找出半截子蜡烛，老海打开酒瓶的时候，屋子里就一股子大大的凤香味，我心里喝了一声彩，赶紧丁零当啷找点啥吃的想下酒，其实不用翻箱倒柜也明白，啥也没有，只有桌子上不知道谁剩的半个干了的馒头。老海说，先说好，咱一个人就喝二两，剩半瓶，过几天有事还有用呢，我说行行行。就着烛光和半个馒头，我俩不知不觉，一瓶就喝完了，后面就更不知道了……

第二天醒来，我发现我睡在别人的宿舍里呢。我回到宿舍，看老海还在床上扯呼呢，我拍拍他，他半眯着一只小眼睛，说，别动别动，我梦着我碰见个女的，脸宽宽的，挺胖的，正谝传呢，不知怎么回事，我俩就到一块儿了，正关键呢，你就来搅局，唉！

那次大醉之后我和老海关系就更好了，他去上课我在宿舍睡觉，他们睡觉我就练琴，快考试的时候抄一下老海的笔记，有时候直接考场上抄就可以了。但是都要面临毕业，他真的是正规地上完了培训回去上班了，我们毕业也回了银川去实习。

一年后，我返回西安混不下去的时候，给老海打电话，问我能不能在他们那儿找一个可以干活儿的地方，工地也行。他说他爸爸就是工地的头儿，估计行呢，你过来。我就背着包，包里只装了两件衣服，到了陇县。我们在车站见面的时候，老海已经又上了一年班，看起来是小干事模样了。他说，你先把头发理一下，要不我爹见了你，我怕他不给你安排。我就把头发后面的尾巴剪掉了一半，他看了看：嗯，还可以。

我跟在他屁股后面，进去他家的时候，他爹并没有太理我，老海平着脸，说：爸，我同学。他爸的脸色就温和了许多，说你吃饭吗？我就跟着老海去锅里一人盛了一大碗面，端着在凳子上吃。他爸抽着烟，很威严地低声和他说，你工作就是沃（这）样子了，上次那个你考虑好，早点把女娃见一哈（下）。老海沉默了一会儿，说，知道了。

过了几天，我就在老海他爹手下的一个工地当小工，每天早上八点到晚上八点，一块七毛五每天。筛沙子，和灰，推车，摞砖，我觉得挺好！他爸还在他们建筑工人的宿舍楼给我安排了一间宿舍，我每天下了工在那里住，实在无聊，老海找了把只有五根弦的旧吉他，只能弹一首《小草》，还有一本翻烂了的《警世恒言》，我就算有个地方混了。

陇县是一个两座山围着一个县城的地方，每天下工，我们就在县城里逛一逛，满街农药味儿的几个经销部，还有几个土特产店、药店，也去河边转一圈。我忘了那条河的名字，很宽，水也不太深，不声不响地流着，浅处可看到石头，女人们在河边洗衣服，半大的尕子就在河里游泳，有些婆姨也领着娃娃在河里洗澡，山上的落日照在娃娃的屁股上，我们看看他们，顺便也看看洗衣服的婆姨们，就到了天黑。

早上太阳一出来，工地伙房有早饭，伙食就是馍馍和"鱼鱼儿"（用玉米粉搅成糊糊，然后在开水大锅上用篦子一漏、一抖，在水里就成了一条条小鱼大的玉米粉棍），上面来点儿辣子油，一份才五分钱，油水少，呼噜呼噜一肚子，可到了上午就饿了，就经常想在外面找些吃食，老海经常下班来找我喝两杯。

那段时间我发现他不太高兴，问他，说家里催着赶紧找对象结婚呢，到年纪了。我说那你就找一个呗，他说还是想等一等曲霞，争取一下。我一听，什么什么？曲霞？他才说了在学校的时候就和曲霞"找"了，我忽然想起来那次他醉酒后的梦，脸宽宽的有点胖？我就笑他，我怎么完全不知道啊？没看出来啊你？他也就不吭声了。我就顺口说，那你就去找曲霞，和她结婚吧，反正你们相互都想对方呗？他说，有人说曲霞也没找呢，估计……他抽了几口烟，说，不过不现实，曲霞是不可能放弃宁化的工作跟我来陇县的，如果我去宁夏，那更是困难重重，家里也不会允许，我已经是单位里的正式职工了，过几年可能转干的，我要是走了我爸我妈就气死了。我俩就都不吭声了。我就找话说，曲霞长得一般，又黑，你就在陇县找个漂亮的呗？县里那么多大婆娘呢。他不太高兴，停了下，说，其实，曲霞这个人，你了解她吗？

转眼到了七八月，人都快蒸熟了，工地忙得脚不沾地，卷扬机从早到晚不停，我要跑着推斗子车，上料、上灰，大汗淋漓，守着一个水龙头，一边干，一边喝冷水。有一天开始拉肚，一直拉，第二天觉得自己起不来了，肚子还是疼，看自己的手，皮都已经皱皱了，好像是浑身的水都被抽干了，我害怕了，就去找老海。

我捂着肚子进他家的时候，老海他妈正柔声和他说话：那你这么大的人了，你爸说的是事实，工作也稳定了，那你还等啥着呢？就快结婚就对了嘛，听你爸话，噢？老海不吭声，吊着脸子慢慢地抽着"金丝猴"，用他长长的小指甲盖慢慢地拨掉烟灰。他妈对我说，你说对啊不？你捂着肚子咋啦？我说我拉肚一晚上没睡觉，她说啊哟你赶紧去医院，打个针或者吃个药就好了，老海说你是不是又没钱了？我说还没发工资呢，阿姨就拿出十块钱，说你赶紧去，治病要紧。

我就去了医院，那个漂亮的医生说，你这是肠炎，去，打一针。我就撅着屁股，她说，去打针室打，开了药。我去打了一针，打针的说，把这个黄水水药喝了，我喝了，出门就觉得好了，那一个月我都没拉肚。我和老海说，你还是赶紧在陇县找对象结婚吧，你不要想曲霞了，我也觉得不太现实。老海说，你懂个锤子！那是我第一次见老海发火。

那天黄昏下工路过一个大院，好像是陇县工商银行的宿舍楼，我看院子里好多碎尕子丫头在里面叽叽喳喳，一人拿着一把吉他，我就凑过去说，你们这是干啥呢？尕子们说学吉他呢，我说噢，跟谁学？他们说老师在那儿呢，我看到一个白净文气的小伙子，在一张桌子边和几个小丫头在说话。我浑身的灰，就不好意思过去找他，问旁边的尕子，学吉他多少钱？他说15块一个月，我说我也会呢。尕子说是不是呀？来，弹弹。我就拿过他的吉他，弹了一首《少年犯》，尤其是中间的间奏，我故意弹了两遍，尕子丫头马上全围上来了，一个个瞪着大眼睛说，哎呀好呢好呢，再给"昂"们弹一个。其实我也就《少年犯》玩得最熟，就马上假装谦虚，放下吉他，说随便玩一玩，我的吉他少一根弦，哪儿有卖的呢？那个吉他老师就走过来了，很谦和地和我握手。我有点不自然，一聊才知道，他叫程继宁，上海口音，在西安获过吉他弹唱的奖，进了银行上班，暂时被分到陇县分行，等机会再回宝鸡。他就用老师的口吻说：你的乐感还不错，如果有系统的学习的话会更好。然后他温文尔雅地弹唱了一首刘文正的歌。我当时沉浸在起哄的虚荣里，没听进去，他说你可以回头来找我，我介绍你去西安，参加走穴团体。"在这里待着，什么也做不成！"他摇摇头道。

第二天我就去找他，他跟我喝了一顿酒后，给了我一封信：上面有地址，你拿着我的信去找他们，会帮助你的。

机会来了，我就屁颠屁颠地和老海打招呼，我觉得我马上就有钱了，不用筛沙子推灰斗车了。老海还是很慢地想了想，说，你还是心不静，年龄也不小了，你就没想着找个正式工作？我看书上电视上说的，那些演员也是表面风光，其实挣不了多少。我觉得就要站在台上弹吉他了，兴高采烈，根本听不进去他说什么。他沉默了一会儿，说，我去搞点钱给你买两件衣服吧，你以后要一直在舞台上，你看人家那些演员，都把钱花在衣服上了。我纠正他：是演奏员，不是演员，只要我每天能发 20 块钱，衣服算个屁，酒都可以天天喝。

就这样，我急忙忙地离开了陇县，甚至没有去郑重地和他妈妈道别，更没有向他们说声谢谢。

我本想着等混好了就来找他们的，不管怎样，后来我如愿以偿地，成了一个电吉他手。像我所喜欢的吉他手一样站在了舞台上。但是两年，对于一个少年来说，时间太长，也就慢慢淡了。

　　我回银川结婚后，有一次在同心路的凉皮摊子上碰见了曲霞，她毕业后就在厂子里上班，好像她的一生在上学那一天就被安排好了一样，结婚、生子和上班。还是那样的笑，宽宽的黝黑的脸庞，我们很平淡地打招呼。我在桌对面往嘴里扒拉凉皮的时候，忽然想起来老海，噗！我偷着笑了。

# 血 染 的 风 采

　　我们长大的时候，只有一个代表了年轻大众的声音可以正式被欣赏——不是邓丽君，所以你不会被敲门。1987年的春晚，一个在对越自卫反击战里被炸掉了腿的士兵和一个漂亮的女明星，一脸正气地、深情凝望地唱了一首歌：《血染的风采》。那之后的两年，无论是吉他班里白皙的眼镜男还是路边吉他队，从复员军人到刑满释放的劳改犯，只要手里有一把吉他，都会模仿他的嗓音，深情吟唱："也许我倒下，再不能起来，你是否还要永久地期待……也许我的眼睛，再不能睁开，你是否理解我沉默的情怀？"

　　那段时间我基本逃课在宿舍，晚上练吉他，白天睡觉，错过了他们辉煌的战斗。技校的饭其实是很好吃的，一般是欧子和我们班老鼻子一块儿每天下去打饭。老鼻子个子矮，第一天来西安，他早早来窗口，排到了第二个，到了铃声一响，开窗的一秒钟，老鼻子就被挤到了第十个，他只能再往里挤，可是好不容易挤进去，被前面人屁股一拱，拱出来了，再使劲儿挤进去，人家又一拱，拱出来了。老鼻子气血上头，拿起空饭盒，逮住前面那个西安人的领子，跳起来，在他头上开始抢，那个西安尕子刚打了一份肉菜，肉菜的价格四毛、素菜一毛，所以他舍不得扔，两个手依然死死地端着那份菜，原地打转儿。宁夏班的一看老鼻子动手，对方没还手，就有几个尕子上手，几拳几脚地占便宜，那个挨打的是个老实西安娃，连说，我又没挤，我又没夹塞儿，跌跌撞撞跑掉了。从那以后，老鼻子就长了脾气。

另外一次，欧子一个人去食堂打饭。欧子个子比老鼻子高，但是前面站了一个更高的，欧子被挤了出来，就骂了几句，对方扭过头，要动手。欧子一看，没吭声，转身回宿舍了。老鼻子一听，说，我和你下去。就在袖筒里藏了一根短棍，两个人走进食堂，欧子对着一个大个子叫骂："你刚才是不是跟你爷爷吹牛呢？"对方一愣，欧子就上去一个嘴巴，没想到，这是学校有名的锅炉班学生，锅炉班是"光棍班"，全班几十个人都是男的，而且个个身强力壮，学校没有任何人敢惹他们。当时他们全都围上来了，欧子和老鼻子一看形势不对，赶紧往回跑，跑到宿舍二楼的时候，大班电工十五班的学军说咋啦咋啦？老鼻子说我们被追，锅炉班的，你挡着点儿！学军就让过了他们，挡住了对方，对方说：就两个你们宁夏的，上来就打我们班的人，你们也太牛了吧？学军就支吾说，我没看见人呀！你们不会找由头来踏我们的吧？对方不好说什么，骂骂咧咧走了。

老鼻子和欧子其实就藏在隔壁宿舍，不敢出去，老鼻子听到后就骂欧子，你下次能不能不要那么眼瞎？你认错人了知道不？欧子自己反倒笑了：我就觉得这个怎么个子好像比刚才高了，不过都是一脸麻子呀？人走了，学军就叫他们俩，出来吧人都走了，你们一点经验都没有，把人盯错了。两个人臊臊地赔笑。学军说，小心点，估计晚上会堵你们呢。

一下午平静地过去了。安装技校是要上晚自习的，那天老鼻子多了个心眼儿，偷偷带了三棱刮刀放在书桌里，假装看书。不一会儿，教室的前门开了，果然对方来了，老鼻子都没有反应过来，对方直接走到欧子跟前，欧子一抬头，对方掏出一根铁尺就抡在欧子头上，满脸血，局面大乱。这时候，欧子他们院子里一起来上学的我们班建慧，忽然扑在欧子身上，铁尺第二下就打在建慧的身上，对方一犹豫，老鼻子拿着三棱刮刀，指着对方，大喊，往后退！要不然老子就动手了噢！本想着对方可能两三个人，一把刀就可以吓唬住的，没想到教室的门大开，几十个人往里涌，一边喊着：敢动刀，弄死他！

其实老鼻子没那么大胆子真动刀，反而害怕了，就一犹豫，旁边人喊了声"教务处来了，你拿着刀别叫处分了！"老鼻子一听二话不说，把刀扔到窗户外面，这下，对方几十个人全部围住老鼻子，前后门都被堵死，跑不掉了，老鼻子被对方抓住头发，拳打脚踢加凳子拍，建慧在旁边使劲儿拉着，结果也被打得一头疙瘩。

还好老鼻子挺能挨打，最后一排的一个凳子都挓散架了，人还没大事，就是鼻青脸肿，教务处来人的时候，对方已经全跑了。老鼻子疯了一样地下楼找他的刮刀，一边骂班里哭作一团的男男女女，你们就不知道一块儿上？但是他自己也清楚，全班上也不是对方的对手，锅炉班这次是整个班出动的，他们觉得宁夏人太张狂了，要给一点儿颜色看看。

打算拼命的老鼻子被学军拦住了，说，要动也得等明天晚上在宿舍动手，现在学校开始严密监视了，保卫科和学生处都连夜值班了，派出所都来了，都盯着呢，谁敢再动一下，就开除。老鼻子知道没办法，就不吭声了。

老鼻子忍了一晚上，第二天就在班里撺掇同班男生：大家今天晚上行动，一起干，堵对方。看看我们都不敢响应他，就去找电十五和钳（工）二十七（班），但是，所有人回答他，学生科和保卫科专门和他们打招呼：有任何人再牵扯进这个事情，不管谁对谁错，一律返回宁夏，你们是代培生，已经好几个因为打架在学生科挂号了，这次绝不轻饶。

老鼻子忍了两晚上，到了第三晚，气就消了。大家继续平静地混日子，每次广播上播放"如果是这样，你不要悲哀，共和国的旗帜上有我们血染的风采……"的时候，他们开始相互笑话这次战斗的狼狈，不过，老鼻子从此就和学军成了好兄弟。

学军那会儿正在找对象呢，宁夏来的大班生，好几个找的都是西安女孩。学军的对象叫何丽，老鼻子对学军言听计从，但是何丽对学军还管得挺严，不许他抽烟，因为学军经常咳嗽，尤其打麻将的时候咳嗽得更厉害，但是老鼻子发现他喝酒的时候就不咳嗽了，划拳还老赢，老鼻子就很服他。

有时候学军忙了，何丽就来找老鼻子，熟了后，就告诉了老鼻子，在这之前她有一个男朋友，但是后来那个尕子参军了，那时参军的几乎都是地方上调皮的，不是喜欢打架就是不好好学习。那人最近又要来找她，她很烦恼，大鼻子就说，你和学军哥已经"找"了，他来找你我就打他。何丽说，你敢！老鼻子说，那为啥？何丽没有吭声。

有一天老鼻子经过操场，操场上依旧响着"如果是这样，你不要悲哀……"他看到何丽和一个西安男娃在双杠边谝着呢，不知道他们在谝什么。老远见何丽在抹眼泪，起先没注意，后来看那个男的脚上穿的是军用球鞋，看起来还挺帅，老鼻子目测了下，想了想，这次他没敢走到跟前，走开了。

后来是学军先毕了业，回银川在宁化打算上班了，但是何丽学的是另外一个工种，还有一年才毕业。

那个假期，何丽要去银川找学军，但是她自己不敢一个人去，学军就叫老鼻子和建慧陪她一起去。显然，学军的家人并不怎么欢迎何丽，她只有住在建慧家。何丽显然也没有想好以后来银川和学军结婚生活呢，还是想让学军去西安。她只知道，她离不开学军。那一个假期，老鼻子见到何丽一直在哭。他也不知道该怎么劝她。不过他听建慧说，建慧的爸爸倒是一直在夸何丽，以此训斥建慧，你看人家，到底是大城市来的，那么秀气。建慧私下里和老鼻子说，她可娇气了。老鼻子就笑她，建慧倒是不娇气，除了不爱学习，她的体育在学校是数一数二的。

最终何丽在银川哭了一个假期后回了西安，和其他的西安女孩一样，上班。

老鼻子说，她穿上工作服的时候，那么好看。

时隔十年后，我见到了他们，在宁化上了很多年班的学军和一个银川姑娘结婚生了一个孩子，后来又离婚了；欧子找了化工厂另一个比他大的女人，结婚生了一个儿子；建慧和钳二十七班的一个同事结婚了，两口子下班就爱打麻将，可是他们的孩子学习成绩却是这些孩子里最好的。

有次在网上看到有一个著名主持人在采访《血染的风采》的原唱，这位歌手有很多抱怨之词，光环都是转瞬即逝的，可是伤残却伴随一生，在那首歌的热潮后，他逐渐就被忘掉了。但是，他要面临低微的收入，空虚的生活，他现在朋友很少，不愿意出门。我试图打开网站看他的近况，但是那期的电视节目，在所有网站都打不开，被告知：未通过审核，不能播放。

我不知道对于老鼻子来说，那首歌是不是就那样留在了那个操场。

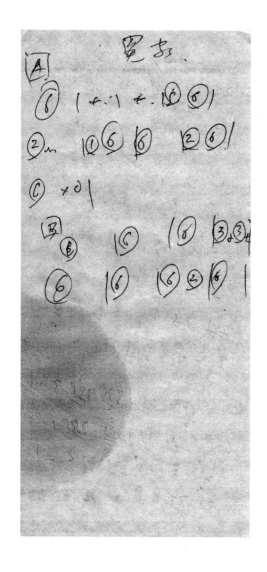

# 星

既然日子过得松散，就有发挥不完的精力。无聊了，就去找对面宿舍那个画画的，楼道里有两人不知道从哪里借了两副拳套在打拳击，打着打着，有点儿动真的了，旁边就有人在起哄。这时候，他们宿舍忽然响起来一阵吉他声，弹得很激烈，《西班牙斗牛士》，太好听了，居然还能见到真的有人现场弹出了只有喇叭里才能听到的音乐啊。跟着声音寻去，是在对面一进门的上铺，我就过去哎哎哎地叫他，他从铺上露出头。我一看，一个长得有点像印度尼西亚人的黑瘦子，深眼窝里扑闪扑闪地，说没事没事，你上来。我就爬到他铺上了。他继续弹，还唱。我觉得他唱得倒是还一般，就是他的手指怎么那么灵巧，每一声都能清楚地弹到人身上，我问了才知道他叫唐建勇，他哥哥是西安有名的吉他手，有个牛气的名字：冷星。我说这个能学会不？他说行呢，就比画着，这样、这样，然后他唱了一首《我是一只孤独的小船》。我看都看不懂，只顾欣赏他发出的声音，楼上电十五的和钳二十七的，都比我们早来一年，已经购置了吉他，每个宿舍一把，我看他们几个天天丁零当啷地，也弹不出什么成调。这时候我才知道，吉他能发出什么声音。

从那以后没事我就往他们宿舍跑，但是唐建勇很傲，一般不太喜欢搭理我，可能是嫌我太笨，教了两个和弦。我觉得太难了，不是我这个层次能学会的。我就去楼上找电十五的和钳二十七宿舍的，他们说，我们哪会那么多？栾鹏弹得好，我就去看栾鹏。栾鹏说刚刚学会一首《鸽子》，就一段一段教我。我从来没有正经摸过，他就说，你先学会 C 和弦，然后把我的手指掰到和弦的位置，我龇牙咧嘴地，用了两天时间，63231323，反复，反复，学会了 C 和弦。栾鹏经常不在，在的时候他在弹琴，轮不到我。他一放下我就赶紧拿起来试一试，总这样也不是个事儿，我想，我要是有一把吉他，该多好啊！

有一天在楼下宿舍乱串，见一个管十七班的西安尕子和别人说："你们帮着打听下，看谁要吉他不？我买了把吉他，金雀牌的。在屋里弹不成嘛，俺爹天天骂我，昨天说赶紧卖了，要不就扔了。我五十块钱买的，三十就卖，总比扔了好。"我想了想，说我去凑一下试试，回去拿上所有的饭票，卖掉，凑了二十块钱，我说我就这么多了，实在凑不出来了。"二十就二十！"下午他拿来了吉他，我在墙上钉了钉子，挂在我的铺上，我终于有了一把吉他。

从那以后，每次我蹲在墙根吃饭，会仔细听大喇叭里的乐器声，但是我从没有听过一次63231323的吉他分解和弦声啊，只有一个人的声音，常宽，他唱了一首吉他弹唱本里就有的歌《星》，后来我知道这是谷村新司的，邓丽君唱过，但是那时的喇叭里一直是个嗓子很亮的常宽。

学校每周三是师生舞会时间，在大食堂里，脚踏风琴，好像还带电，奏着"蹦擦擦蹦擦擦"的《月朦胧鸟朦胧》、"蹦擦擦蹦擦擦"的《山楂树》时，是我们数学老师在弹。他叫李学凯，一个中年人，有几根白发，戴个眼镜，很奇怪，这个人很幽默，但是他的课上基本没人捣乱起哄。有一次他课间讲完了，让大家复习，他在教室里转悠，转到我这儿，说，火柴用一下。我就把火柴拿出来，他点根烟，把火柴扔回桌子，我挠挠头，放回兜里。每当舞会，在李学凯老师"空恰恰空恰恰"的风琴旁边，经常放着一把电吉他。唐建勇有一次指着一本台湾的校园歌曲集的封面说，看到了吧？这是电吉他，带摇把的，就是在右手琴弦下面旋钮附近有一根金属细棒，可以改变音高的。学校那把没有摇把，但我还是觉得它真耀眼啊，有时候老师们会点儿的，中间过来拨拉两下，补充一下音色，一般基本没人动。有一天，学校宣传队贴了一个小条子，每个周三的舞会，乐队需要一个会弹电吉他的人，能伴奏就行了。我就大胆地去了，其实那个音乐老师根本就没有怎么看我弹，因为只有我一个人去找他们，所以理所应当地，那个老师说，你就过来边学边弹吧。于是在我走出那个教师楼的十分钟后，我们班大部分同学都奔走相告，说我考上了学校宣传队。我自己居然也扬扬得意起来，忘了自己原本就不会弹。后来在水房打开水的时候碰见了唐建勇，他不屑地说，听说你现在吉他弹得好得很噢？都敢弹摇把吉他了？我就臊巴巴地不吭声了。不管怎么样，我觉得我可以站在众目睽睽下弹吉他啦。

学校的舞会乐队是不需要排练的，只有两次，那个音乐老师对我招招手：过来。我就过去，他拿着那把吉他摸了摸，然后按住一个和弦，说：你会弹三拍子的节奏吗？我说不会。他就比画了一下，说你就照这样弹，"蹦擦擦蹦擦擦"，换个和弦再"蹦擦擦蹦擦擦"。整晚上都弹那两个和弦，我很自豪，终于和李老师一起演奏啦。可是李老师根本没注意我，他一边弹琴一边瞅一眼那几个好身材。我好几次没合上卯，李老师边弹边回头瞪我一眼，继续弹，再瞅瞅舞池里。后来他实在受不了了就让我停下，我就赶紧把琴放下。中间休息的时候，他点根烟，歪头跟我说，你把和弦好好练练，再练点旋律，我也好下池子里跳跳舞。

西安的冬天很潮，银川人在西安是受不了的，我们宿舍偷偷凑钱买来了电炉子，晚上就点上，就着红彤彤的电炉丝，63235323地练，后来我知道很多吉他手都是从这样的和弦开始：C——/Am——/C——/G7——/C，我的C和弦练得越来越熟练了，唱了第一首我喜爱的歌《星》。

年尾的联欢会开始了，就连老师们也那么高兴，他们在各个班串着交换节目，我们美丽的英语老师（还是语文老师？）唱了一首《白兰鸽》，是由我来伴奏的。经常出现在学校门口橱窗里的明星们，张文，唐建勇还有华子，他们都来班里串场，大家为他们热烈地鼓掌。那天，我在给老师们伴奏的中间，也哆哆嗦嗦地唱了一首《星》，全班给面子也鼓掌了，大家都说唱得不如在宿舍好，"其实我们早都听腻了，你天天在宿舍唱，你还会别的吗？"

紧跟着是一年一度的学校元旦晚会，这次我没有唱《星》，而是唱了另一首日本歌曲《寒夜》，还得了学校的小奖品，男娃女娃就都围上来了。他们说，再唱一个嘛。那个卖给我吉他的尕子也来了，他打架进去又出来了，他说，俺爹现在不管我弹吉他咧，你能把我吉他还给我不？我还你钱？

我说：行，二十五！

# 胸膛

Key: G

Time. 7。

♩=4/4

```
0 5 5 6 ⅰ5̲5̲ | 3 5̲3̲2̲ 6 ⅰ5̲5̲ | 6 - - 3̲5̲ |
```
一对儿 山鹰 都 打 了 一 仗 翅
一群儿 羊羔儿 关 四哩 了 圈 呢 嗳

```
6̲ⅰ5̲5̲ 3 - | 3 - 3̲2̲ | 6 - 5 - | 0 3̲5̲ 6 ⅰ5̲5̲ |
```
膀子 折 了 不知道 跌了儿
嗳只 剩 一个 不知道 剩下儿

```
3 5̲3̲2̲ 2 - 1̲2̲ | 1̲2̲ 3 5̲3̲2̲ | 1 2̲1̲6̲ 6 - |
```
那 一 个 疼儿 是翅 膀 嗳胸膛.
那 一 个 疼儿 是身 上 嗳胸膛.

```
0 3̲5̲ 6 ⅰ5̲5̲ | 3 5̲3̲2̲ 2 - 1̲2̲ | 1̲2̲ 3 5̲3̲2̲ |
```
不知道 跌了儿 那一 个 疼儿 是 胸膛的
不知道 剩下儿 那一 个 没儿 是身 上吗

```
1 2̲1̲6̲ 6 - | 2 - - 5̲ | 3 - - - |
```
胸 膛. 嗳 嗳 了
胸 膛.

```
2 - - 3̲2̲ | 1 - - ‖ | 1 - - 3̲5̲ | 6 ⅰ5̲5̲ 3 5̲3̲2̲ |
```
嗳 无量 了 嗳 不知道 剩下儿 那一

```
2 - - 1̲2̲ | 1̲2̲ 3 5̲3̲2̲ | 1 2̲1̲6̲ 6 - - - ‖
```
个 没儿 是身 上 吗胸膛.

# 一样的月光

1987年的一天，我在学校闲来无事，高年级的李联姐对我说，今晚西安体育馆有音乐会，你不是喜欢弹吉他嘛，想去看不？我就跟着去了。

第一次坐在体育馆的座位上，觉得很正规，正嘻嘻哈哈左顾右盼，演出准时开始了，安静的舞台一下变得光彩夺目，电声和管乐的整齐声音，激动人心。我完全被震傻了，舞台上密密麻麻地挤了十几个乐手，最显眼的是鼓，鼓手叫黄文浩，我看他一个人最少占了二十平方米的地方，正中间是一套九筒鼓，上面的擦片无数，左侧是一大排风铃和几个叫不出名字的打击乐器，灯光集中在他的鼓台，他就像淹没在那个波浪里，见不到人，只见到擦片在灯光下闪烁出强音，排山倒海。

那天晚上有很多明星，只记得张暴默上场先唱了一首舒缓的歌，好像大家掌声不是很多，她说今天的气氛不是很热烈，那我就给大家唱一个快节奏的歌，然后唱起了《一样的月光》："谁能告诉我，谁能告诉我？是我们改变了世界，还是世界改变了我和你？"其实，对于我来说，她唱什么不重要，重要的是乐队里一直有一个失真的吉他声，伴随着她的歌声。

吉他的乐段太少了，并没有让我过足瘾，音乐会的高潮是黄文浩也被从鼓台上请了下来，唱了一首《在雨中》，和他媳妇，那天是他们的新婚之夜。那时，我觉得人生如此，明天枪毙都不亏！我基本是大呼小叫地鼓掌了一晚上，完全不顾旁边同来的人，作为一个陕西安装技校的学生，哪见过这个架势啊！第一次知道这世界上有一种这么好的享受，叫作音乐会。虽然今天看来，演出者的名字都被大家忘了。

之后的一个星期，那些鼓声和吉他伴奏的管乐声都在我耳朵里，星期天我一个人去钟楼乐器店，又去看了看临街橱窗里的那把电吉他，然后看了看店里面那套大红色的架子鼓，它们都像美梦一样遥不可及。

钟楼乐器店旁边不远的巷子里，是钟楼剧场，门口的海报上，有"新蕾乐团载誉归来演出"之类的醒目字眼，剧场外面的橱窗里，五颜六色的剧照，男的多半头绑彩带，手戴霹雳手套，中国版的西城秀树；女的多半穿着缀满亮片的紧身衣。他们的每一张娇揉造作的照片，都熠熠生辉。剧照的旁边，写了几个小字："伴奏：新蕾轻音乐团电声乐队。"我想了半天，咬牙用身上仅有的二十块钱，买了一张票。

进去听了好一会儿，吉他的声音还是太少了。终于等到了介绍乐队乐手的时候，一个留着半长头发的萨克斯手摇头晃脑地吹《莫妮卡》，鼓手疯狂地打个七筒鼓的轮子，也留着半长的头发。然后，介绍了二鹏，他的传说很励志，他曾是个待业青年，居然自学成才，成为西安最有名的吉他手之一。那天他弹起了《恰似你的温柔》的前奏，娇怪的音色，悠扬抒情的旋律，和着舞台上绚烂的雪球灯转着。我知道这把吉他有个名称，叫"摇把吉他"，只有用摇把，才能弹出那么美妙的颤音。我几乎不看歌手，多想请二鹏再弹两遍前奏，但是，只能等到间奏了。我沉醉着一直到女歌手唱完了这首歌，还在回味，看到二鹏走下舞台时，我才知道，他的腿脚有些不便。

两三年后的陇县，程继宁写了信推荐我去西安的时候，我想我也要去"走穴"，要像二鹏一样在舞台上弹吉他，弹那样音色动人的吉他。我就背着一个小包，揣着这封信，回到了西安。

啥是"走穴"呢？刚刚改革开放的时候，有很多专业团体的人和民间音乐爱好者，自发组织乐团，主要演一些刚刚流行的流行歌。

相比体制内演艺团体的陈词滥调，他们的上座率很快盖过了体制内团体。虽然大家管这个叫"走穴"，国家也开始鼓励这样的团体，电吉他和爵士鼓被当作主要的乐器。媒体里出现了吉他手、鼓手的名字，他们不再是"二流子"，而是从街上走到了舞台的明星，沸沸扬扬欣欣向荣，直到1989年市场饱和，才尘埃渐落。

这些走穴团体也和正规歌舞团一样，有自己的编制，有人负责联系业务，联系剧场、看场地、接洽、开发票、分析市场等等，这个角色很重要，它有个名字叫"打前站"，在团里的位置相当于副团长，有些人同时可以给两个团体担任前站。曹阿姨就是因为善于交际，能说会道，帮很多走穴团打过前站，所以在西安这个行业内很有名。程继宁这封信就是写给曹阿姨的。

在一个很窄很吵的街上，我找到了曹阿姨，她和丈夫开了一个很小很小的轴承店。她丈夫一口上海口音，看起来比曹阿姨要年轻很多。曹阿姨接过信，我很恭敬地站着。她说，噢，小程的信，你坐你坐。一口安徽普通话，只大概扫了一眼信，就问我，你能干啥呀？我说我会弹吉他，她说那你会唱不？我说我唱得一般，她说主要要会表演，表演很重要，我看你这个样子……她顿了一下说：要活泛，现在嘛，谁还听那些正规东西，就是要怪，要会表演，唱歌要有感情，比如"月朦胧啊，鸟朦胧"，"朦胧"，这里要这样拐一下，用感情，"朦胧……"她一手叼着烟，一边给我示范着，我就傻乎乎站着，等着她说下面。她说今天你先找地方住下，明天来我找个吉他你给表演下，我回头领你去新蕾乐团。我说啊？新蕾乐团？！然后我说我没地方住，她想了想，说，那你就住我店里吧，打个地铺就行。

她给我吃了饭，就打个地铺，我睡在大概三步见方的地方。第二天，她直接带着我去新蕾乐团，我们穿过骡马市和钟楼乐器店。街边熙熙攘攘的叫卖声里，我看到那把摇把吉他依然静静地靠在橱窗里。

新蕾当时在全国很有名，有门房。门房过去才是团长办公室，团长是一位姓邢的高大老汉，很威严地坐在里面，看了我一眼，漫不经心地听曹阿姨拉着家常介绍我。我就看墙上，很多他和国家领导人照的照片，还有诸位演员在照片中围绕在他跟前，众星捧月。他斜了我一眼，说，哦——这娃你是唱啥的？通俗？民族的？我说，我是弹吉他的。他说，现在我们吉他手已经太多了，高松在二队，二鹏在一队，我看下你业务咋样？就冲外面喊，哦，那谁，你把王成山叫一哈（下），把这娃的业务看一哈（下）。我才知道，王成山是二队的队长。

王成山的脸子看着温和些，领我到二楼排练的地方，问我，你是弹唱还是？我说我想弹吉他，弹电吉他。他就递给我一把吉他，怪了，我就磕磕绊绊啥也不会了，都弹几下就停了。他说，你还会啥？会唱不？我说会的不多，就用电吉他开始唱《星》："踏过荆棘苦中找到安静，踏过荒郊我双脚是泥泞……"唱到第三句的时候他说，你还会啥？我说我还会一点贝斯，他说，行了行了，是这样，吉他你还不会呢，你先跟我学一段时间贝斯，一边帮着抬个箱子，装个台啥的，中间节目不够了你就弹唱一两首顶一哈（下），慢慢来嘛，等你业务好了，再转正进一队呢还是二队。我这儿学员嘛，就是一个月六十块钱，这儿有宿舍，回头你自己去领床被子……我已经蒙了，不让弹吉他，还要干活儿，然后还要学贝斯，我最讨厌贝斯了。他看我犹豫，就追了一句：你看行不啊？你要觉得不行我也不勉强。我一想，我能去哪里呢？就问，在哪领被子？

我把被子往空荡荡的四人宿舍上铺一撂，就算住下了。中午吃了饭，下午他们开始排练，吉他手叫丁宁，记得那天排练的是崔健的《不是我不明白》，他们在议论着，北京现在都有击打弦那样的弹法了，丁宁在贝斯上给我比画了几下，他也在练这个。总谱上写着落款：王成山。

然后，丁宁在试吉他音箱的时候，弹起了《一样的月光》的前奏，当时几乎所有西安的吉他手，都以《一样的月光》的前奏弹得像不像原版来比较琴技的优劣，甚至整体乐队前奏的长音"6-54-456-54-456"更是影响了后来国内几乎所有夜场乐队的开场曲，80年代末到90年代末至少十年的时间，我参加的和听到过的夜场乐队，都是以这样的意识在组织场面的乐段。这首歌之前我并没有听过苏芮唱的，也不知道吴念真、罗大佑、李寿全的名字，大陆的很多男女歌手都以各种怪异的嗓音演绎这首歌。此刻，我在丁宁的激烈颤抖的 Solo（独奏）声里，兴奋得手足无措面红耳赤浑身躁，开始吧！

不过，事情没那么简单，尽管新蕾已经是全国最有名的私营团体了，我还是没待住，每月六十元的学员工资实在没法过，我放下了贝斯，私下里搭上了一个路过西安的河南走穴团，这个团正好缺一个吉他手，他们只有一把破吉他，没有摇把，我必须自学那些没弹过的曲子，只有边琢磨边演出，碰到别的团相遇的时候就去看看，回来继续琢磨，我练会了《伤痕累累的罗拉》《迟到》《八路军拉大栓》《小呀嘛小和尚》……

一离开西安，说好的每天二十块钱的工资，变成了每天只发五块钱的生活费，只够吃两顿饭，每顿饭都是漂着小磨香油花的二两半饺子。河南冬天没有暖气，越饿越冷，每次见到团长带着他媳妇去吃饭的时候，都咽口水。

我的手总是在刚搬运完道具箱后痉挛了，弹错和弦，我的年龄最小，他们总说，小苏，爬到顶上把那个灯支一下；小苏，从道具箱里把烙铁拿来，线断了；小苏去门口看看把着点儿，别让老乡们混票；小苏，这个地方你加点和弦，你别睡着了；小苏，节目不够了你赶紧唱个歌顶一下；小苏，今晚旅店床铺不够你还是在舞台上睡吧……

比我年龄大些的待遇略好，不过也好不到哪儿去。团里那个鼓手是女的，邢台来的，男的是河南的，男的唱歌女的打鼓。有一天我听到两个人吵架，女的哭着说："叫他出去吃饭，没吃就没吃嘛，非要说吃了，还装得像，给我买了一碗饺子。我知道他身上就八块钱，这么冷的天，他身体又不好，不吃东西冻坏了怎么办……"

每天都是一样的工作，早上把很重的道具箱抬上拖拉机，一身汗，爬上拖拉机或者汽车赶往下一个县城，中午或者下午，搬道具箱子，装台，一身汗，然后迅速被冷风吹干，在混合着牛粪和旱烟味儿来往的拖拉机上的人群里，在拥挤的县城剧场外，挂出那些已经皱皱巴巴的满是脂粉和亮片的演出照。但是，再冷再饿，他们在后台的抱怨和泪水，会在上台前的刹那间，变成微笑的面孔，走到台上，大家在"长长的站台噢寂寞的等待"的狂热舞姿中，在"一剪寒梅傲立雪中"的潇洒歌声里，那个女鼓手的男朋友每晚依然戴上他的霹雳手套和黑色礼帽还有黑色眼罩，用佐罗和西城秀树的打扮，说着"罗拉罗拉罗拉大家给点掌声"流下汗水。西安，越来越远了，平顶山越发近了。你来了他走了，团里的人逐渐都换成附近县剧团市剧团曲剧团的，晚上在小旅店里就扎堆谝传，那些小旅馆经常停电，守着油灯，听他们讲些荤笑话和戏曲行里的荤事。

我就这样跟着他们，走过了大雪覆盖下的每一个河南县城。终于，年底了，冰天雪地都冻结实了，我们到了平顶山。其实我都能猜出来穴头会怎么说，果然他说：小苏，这一路大家都很辛苦，我也是为了大家，但是我们没有挣到钱，你是从西安来的，我给你三十块钱，你回家过年，过完年你再来，咱们重整旗鼓。我说三十块钱不够我到银川啊。团长严肃地说，你是从西安跟我们的，没有从银川跟我们，就这么多，还有很多兄弟都饿着呢，年轻人，这么计较钱，就这样吧，我还很忙……

我就又踏上了回西安的长途汽车。

对了，因为一路没有人唱《一样的月光》，我也就忘掉了好不容易练会的前面那段 Solo，我终于没有像二鹏那样令人激动地站在台上，弹出我心里的嘶吼，但是从那以后再也不吃小磨香油和水饺了。

我又出现在曹阿姨的面前，我和她说，我还差九块多钱才能回银川。她想了想，给了我十五块钱，说你路上吃点东西，过了年再来，我给你另找个团。我本来想说，我挣了钱还你，但是想了想，咽下去了。

过了年我去了青海，待了三个多月，我在每个月开始挣三百元的时候觉得曹阿姨的十五块钱不是什么事情，以后再说。但是在六月份还是离开了青海，想再次到西安寻找机会，这时候我又变成了身无分文的穷小子。

　　1989 年，我再次回到西安。那天晚上我去新蕾乐团门口看了看，徘徊了一会儿，终于没有进去，和外面的热火朝天相比，这个大院好像已经没有了往日的忙碌红火。事实上，快要踏入九十年代，这样的走穴形式已经快过时了，我在外地时已经听到了很多乐手开始吸毒的传言。我站在门口，耳朵里还留着丁宁上次弹的《一样的月光》的前奏，那段 Solo 的温度，并没有因为我的饥寒交迫和茫然而稍稍冷却。

　　"谁能告诉我，谁能告诉我，是我们改变了世界，还是世界改变了我和你？谁能告诉我，谁能告诉我？……"在涌动的人潮，陕西话、南方话和普通话各种口音在坚定地呼喊，可我听起来那么茫然，那个二十岁的我，走过门口，在钟楼附近找了个低矮的居民老楼，爬上去。西安很热，我就躺在楼顶上，脱掉我的鞋，让脚缓一缓，点了根"金丝猴"，看着隐约的星星，不知道什么时候睡着了。

# 一 条 路

　　技校没啥事，有一天，有人敲宿舍门，来了两个西安的，说是管工十七班的，一个高高大大的，一个略矮圆胖的，说来学吉他。其实我自己也不太会弹，哪会教吉他，但是觉得居然有人来学琴，很满足我的虚荣心，就答应了，顺便也是想趁机混吃混喝。高个儿叫靳尚，另一个叫木木。从那以后，到了下半月，我就经常去他们宿舍，一起瞎玩一气，然后在他们宿舍蹭饭。宿舍还有一个经常在一起的小尕子，叫小豪。

　　尽管靳尚嘴上很镇定地接受我这个"师傅"的蹭饭，但是大家肚子里都没有油水，靳尚的饭量是出奇的大，学校的饭永远不够吃，一九八几年的时候，他一顿早餐能吃出三十二块钱来，成为我们的笑谈。大家偶尔会想点办法，实习的时候，管工可以在工地上，背个包，下班的时候，偷着装两个弯扣在包里，出去有人收，一块钱一个，我们叫"one yuan"，偷的时候也是三个人互相掩护。小豪那时候个子小小的，跟在大伙儿屁股后面，不太说话，像个小兵毛毛，给他吃东西，他总说，你胡客气呢，你吃你吃。后来我才知道，他其实长得小，年龄却比我才小一岁。

尽管没有油水，可每个人身上总有劲儿使不出去，木木就每天做俯卧撑，练了段时间，一次能做七十个了。有一天靳尚说，这有啥吗？我也行呢。木木就说打赌来？靳尚说，打就打，一份肉菜。小豪在旁边数数，你能做七十个，我就能做七十一个。木木不信，做了七十个，靳尚做到六十五个的时候，很艰难，但是终于咬牙拼命做了七十个，最后一个很慢很慢地完成了，木木没办法，输了一份菜。然后说我肯定能赢回来的。继续练了段时间，这次他主动找靳尚，要赌，两份菜。这次他做七十五个，靳尚很无奈，拼了命地又做了七十六个，木木又输了。木木连躁带怒：我就奇了怪了？继续练，过了几天他又找靳尚，想翻本，靳尚说我实在做不动了，上次是蒙的，木木不愿意，非要再赌，结果，木木做了八十个，靳尚做了八十一个。木木从此不再赌了。

我们晃里晃荡地混到毕业，我实习被开除，又跑回西安投奔靳尚，他们已经开始上班了。我们见面很高兴，去胡家庙的那家大食堂，打了两份泡菜，散啤酒真好喝啊。吃饱喝足，我问他，晚上睡哪？有地方，俺妈的单位有一间屋子闲着呢，在一个煤场的后院，靳尚憨憨地说。

我就开始在那里混日子，每天弹弹琴唱唱歌，等靳尚来了混他的饭。有一天有人敲门，来了个眯眯眼、长头发的瘦子，自我介绍，叫汪军，也爱弹吉他。他原是一个工人，后来因为太爱音乐，不想上班，天天在家练琴，家里人也很支持。他有一个姐姐，虽然家里不富裕，只靠他姐姐上班那点工资，但还是给他买了吉他和电子琴，他一个人玩没意思，听人说这院子里有个人老弹吉他，就来一块玩儿。有一天他带来一盘磁带，里面是《草帽歌》《无言》，他说，这是崔健的歌。我们弹不出这些歌，就挑我们会的、简单的、西安满街都在放的歌，我俩编了和声，每天几乎都唱："悄悄地，我从过去，走到了，这里，我双肩，驮着风雨，想知道，我的目的。走过春天，走过我自己，走过春天，走过我自己……"靳尚几乎每天都来，小豪来得少，每到这样的时候，靳尚一般不说话，眯着眼带着酒意作欣赏状，小豪总在角落里不停地喝酒，帮着拿酒、倒酒……

我们经常这样唱着闹腾到深夜，那个院子的邻居都不愿意了，总这样不是长久之计，我就离开西安吧，去了陇县。就这样，在靳尚叫我师傅这两三年的时间里，自始至终就没有跟我学会过哪怕一个曲子。

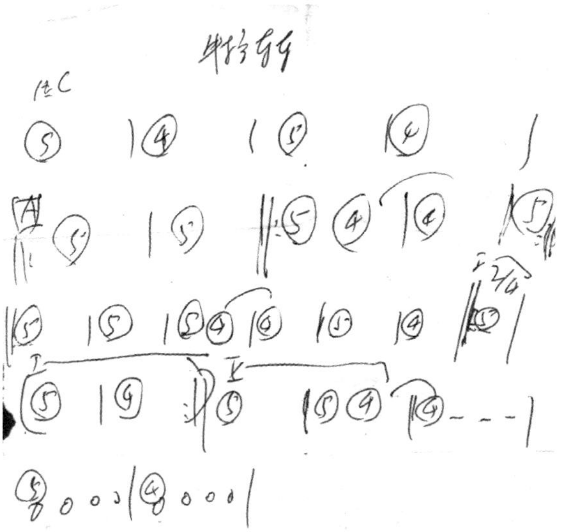

# 爱拼才会赢

不管走过春天还是走过我自己，还是落叶无尽，大家混到了香港都回归了，我们也是十几年没见面。在银川家里，有一天我接了一个电话，哑哑的陕西口音好像个老汉，我说谁呀？对方说，你是不是在安装技校上过学？我说啊咋啦？他说，我是木木，我和小豪过来了，在银川呢。我喜出望外，赶紧去找他们。一见面，和木木谝了两句，我就说，那会儿老跟在大伙儿屁股后面的小家伙呢？他一指小豪，说，这不就是？我一看，我天，留个小胡子，看着比我都老到。小豪说，你们不是回族自治区嘛，我留个山羊胡子好在这儿做生意。那时最贵的是芙蓉王烟，他从整条的"芙蓉王"里，抽出两盒，说，你装两盒，咱出去吃饭。

　　我们喝了大酒叙了旧，我还第一次去茶楼喝茶，觉得越喝越渴，后来我说还是给我来两瓶啤酒吧。然后各自说起近况，原来小豪来银川都几个月了，卖摩托车，木木在西安做生意，路过这里。问起靳尚，说在西安开出租车哩。我说我可不会做生意，我就只会弹吉他，他们问我在哪里，我说在一个叫皇宫歌舞厅的地方。于是，饭后，小豪就约了他们一起做生意的一大帮朋友，浩浩荡荡地进了歌舞厅，在那之前歌舞厅的老板根本不知道我是谁，每天只见我戴个帽子在台上洋洋乎乎地弹电吉他，下班就急匆匆回家了。那天，小豪给所有在台上的歌手和乐手送了花篮，这意味着台上每个人都可以拿到小费，大家的脸上都笑开了花，后来小豪就三天两头来，每当主持人说，"各位赌场的精英，情场的杀手，商场里的航母，伸出你喝酒的左手，和你泡妞的右手，一起'呱唧呱唧'来点儿掌声，鼓励鼓励兄弟姐妹给你卖力地演出！"小豪就领头鼓掌，然后上花篮和小费，主持人就总微笑着冲台下小豪的方向说话，但是小豪从来没有点过歌，也没有提出任何要求，甚至没有像其他给小费的人一样要求歌手喝一大杯酒。偶尔主持人去跟他握手，他总醉得低头摇晃，嘴里乌鲁乌鲁地，连那一口浓重的西安话都说不清楚。那段时间老板就有事没事在我跟前转悠，老找着茬儿和我说话。我和小豪说了几次，不要那样乱花钱，太铺张了，他也不听。

有一天我们一块儿下楼，他说，我知道你们两口子感情好，嫂子也不在乎你有没有钱，但是，咱是男人，男人就要多表示，你把这个拿上，给嫂子买件衣服，让她高兴下。他从包里掏出一个大信封，说，这是五千，你拿上。我没敢接，他说，要不明天我陪你去？我昨天路过街上一家还不错的店，里面有裘皮大衣，没事的，这个钱，不用你还，咱都是兄弟。我不知说什么好，只会说，不要不要，我们有钱，生活是没问题的。就推辞掉了，他说那就明天去家里看看孩子。

第二天，他来家里和孩子玩，带来了一双旱冰鞋，我的孩子正是上幼儿园的年龄，小豪鼓励他，玩，没事的，然后拿出了几个汽车玩具，娃娃眼睛就亮了，从此他俩就混熟了，就常来。我有时候练琴不陪他，他就和娃娃玩儿。

小豪在银川一直长包宾馆房间，每天在外面喝。有时我在舞台上看到他端着杯子在桌子上和一大帮子人吆五喝六地，然后给我们送花，有时候见他急匆匆地接电话，歌舞厅里太吵，他就一边接一边跑出去，有时候就匆匆结账走掉。这样过了几个月，有一天他打电话我正好在家，他说想来吃饭，就稀饭最好，进门他就跑到厕所，好半天，说这两天喝得太多，又没有办法，便血，就想躺一会儿。

过了一段时间，好像不怎么来了，和另一些朋友天天在一起，吃喝打麻将，但是偶尔电话打来，说出来吃饭吗？我就不去了，他也不勉强。

后来知道，他卖摩托车本来是从厂家赊出来，自己租个库房就行，不开店，只搞批发和自己零售，所以没有税收成本，利润很高，提车的人特多。那些时候日进斗金，有一天，刚到自己的库房，就被公安和税务等等一大帮人给围住，抓起来，还被拍照上了新闻，作为偷税漏税的典型，才知道他早就遭到同行的嫉妒，被人举报了，这个事情就是经常和他一起来歌舞厅、一起推杯换盏的朋友干的。那段时间他到处托人，保住了自己，车被没收了很多，在银川又没有朋友，我又是个平民百姓，没能力帮他，从那以后就一下生意不行了，重新换了个小库房。他有个同乡同行的朋友叫老江，小豪就把几辆车放在老江的小摩托店里代卖，聊以为生。

皇宫歌舞厅再无小豪意气风发前呼后拥的身影，后来停业装修，我也失业在家。小豪就说，你如果实在没事做，不嫌弃的话，就来给我看个库房，其实没啥事，就是拿着库房钥匙，有人要车你就来给开下门，平时你就在老江店里待着就行，我按照库管的工资给你。咱练琴，也要吃饭呢嘛。我说我不会骑摩托车，连推都没推过，他说没事，你随便学着骑嘛，我这里摩托那么多，你随便骑。我想了想，实在没事可做，就接过钥匙，来到了老江的摩托店。

商都是银川最大的摩托车商城，小豪的库房离这里三公里，老江的店里生意也一般，销售经理叫郭三。第一天的时候，我见到郭三是这样卖摩托车的：进来一个客人，郭三会一边递烟一边说，这一款排量一般，但是款式新颖，适合城里开；这一款可能排量大，适合咱们在公路上跑点远路，你要是经常用，跑点远路的话，建议买这一款……客人就问质量啦售后啦什么的，郭三立马义正词严起来：一根螺丝都不用动，你一年内要是坏一根螺丝，我用人格担保我全款赔给你，我们做生意的，要是连这点信誉都没有，我们怎么干这么多年呢？对方就爽快地掏钱，安装，推走。第三天，这个客人又来了，郭三隔门一看，就和店员说，"就说我不在"，就从后门绕上走了。客人进门就说前天买的车，毛病一大堆，这个那个的，问能不能退，店员就说我们经理不在，要等呢，倒上茶给客人，然后修车，结果等到中午郭三也没回来。店员很客气，一直在给客人倒茶，我们知道他就在这条街的某一个摩托店里打扑克呢。三番五次，后来发现郭三每次都是一句话：你放心，我用人格担保，一根螺丝都不用动。

　　小豪经常很多天不卖车，百无聊赖我就看书。中午的时候，老江他们就在后面放零件的小隔断做饭，油烟就漫了一条街，漫过一排排摩托车。他们喊一声，我就跟着吃，客户有事，我就去后面一个玩电脑的地方找小豪，当时没有网吧，就是那种电脑游戏房，四五台机子，每次看到小豪噼里啪啦地打键盘，他永远眼睛盯着屏幕，噼里啪啦地说，你先去你先去，等一哈（下）我马上打完这一把。

晚上小豪再也没有吆喝大家去歌舞厅，也很少喝酒，有一次老江叫了大家喝酒，然后去了一个商都旁边的小歌厅，进去一股霉味，沙发都发黑了，大家在酒精的刺激下，抢着话筒，一起用浓重的陕西口音唱着粤语：


一时失志不免怨叹

一时落魄不免胆寒

那通失去希望

每日醉茫茫

无魂有体亲像稻草人

人生可比是海上的波浪

有时起有时落

好运歹运 总嘛要照起工来行

三分天注定 七分靠打拼

爱拼、爱拼，才会赢


酒精和隔夜剩啤酒的余味在狭窄的包厢里，我们都唱出几身汗，各自回家……混了一段时间，我就找到了新的歌舞厅去弹吉他，我跟小豪说我在这也干不了啥，还是弹吉他去吧。离开了商都，最终我还是不会骑摩托车。

那三年我们没怎么见面，听朋友说，小豪后来过得不好，媳妇也懒，每天就知道上网聊天玩游戏，也不管家里不管孩子，小豪就在银川待得少了，反正生意也不好，再后来听朋友说，离婚了。我给他打电话他也没说，我也没敢问。我知道他回了西安。

又是七八年没有联系，2012年我去西安演出，他和靳尚来看我，两个人在场地外面，我说你咋还戴着个帽子？他一摘，好多白发。我们去吃了羊肉泡馍，谝着，他已经不做摩托车生意了，做些水暖工程。木木后来经营皮具，靳尚也做皮具，他们的商店，是隔壁。那天木木不在，说起以前靳尚和木木打赌俯卧撑，靳尚才说他进安装技校之前，在西安体校，专业是摔跤，还拿过名次，他们队最差的俯卧撑都是两百个起。后来靳尚太懒，就从摔跤队转到了举重队，举重队对俯卧撑的要求是三百个起。呵呵，靳尚说，你想，他木木跟我拿这打赌，能赢？那会儿靳尚一饿得受不了，就想办法和木木打赌，从来都是只比他多做一个俯卧撑。

三个人边谝着边掰馍，偶尔都不言传，好像我们一直这样在一起混了几十年没有变过一样。泡馍吃过，我们就端起了杯子，在西安的夜市，那个弥漫了都市气息的街上，已经没有了烤红薯和小笼笼肉的味道。小豪依然是三两一过摇摇晃晃，讲着我所不知道的那时他的兴衰故事，靳尚依然是酒少话也少，谝到月落酒冷，扫地的都出来了，我们走过灰尘漫起的街，回去了。

# 答 案 在 风 中

2003 年的一天，朋友胖张涛告诉我，他和平原所在的银川本地的一家报社，要搞一个诗会，胖子说叫了很多诗人，其中有一个诗人苏非舒，说可以跟我合作，允许我在舞台上弹吉他。我很高兴，他说你知道苏非舒吗？我很茫然，然后胖子就领着苏非舒来了，一个高个子的长头发，进来的时候，相互介绍握手，就谝开了怎么合作。我以为他是诗朗诵，我在旁边用吉他即兴地弹就可以了。我喜欢这样，我看人家诗朗诵的都是配钢琴，我就设想我们激情朗诵配失真吉他，最好再来点嘶叫啥的。但是苏非舒说，你的思维应该再打开一点，然后说了很多我没听懂的理论，但是我不懂装懂。他前一天喝多了，在我家也就懒洋洋地靠在那儿，和我谝艺术和思维，我基本上听得稀里糊涂的，他接着说，其实你弹不弹或者弹什么都不重要。但是我不懂装懂地点头说，没问题。我心说，不管咋样，不就是我上去弹吉他呗。

诗会有一个好听的名字，叫"大地诗会"，在贺兰山下。"大地诗会"，我觉得很有诗意，其实我想多了，事实上是有个叫大地的房地产公司冠名了。这个诗会的全名，应该叫"大地房地产诗会"。

不管怎么样，我们来到了贺兰山山脚下，主办方请到了很多国内著名的诗人，很多领导也来了，当然媒体也集体出动。落日时候的贺兰山真美啊，再黑些的时候还点起了篝火。我心里想着如果不是行为艺术该多好，我们很应景地来点诗朗诵加配乐，可能更满足我们的情境。在主持人隆重的介绍下，芒克朗诵了《阳光下的向日葵》：

……

你看到它了吗

你看到那棵昂着头

怒视着太阳的向日葵了吗

它的头几乎已把太阳遮住

它的头即使是在没有太阳的时候

也依然在闪耀着光芒……

大家掌声雷动，然后坐在外围的人们开始碰杯，然后继续喝。夜，慢慢黑了，黑大春也在键盘的合作下朗诵了《圆明园酒鬼》：

这一年我永远不能遗忘
这一年我多么怀念刚刚逝去的老娘
每当我看见井旁的水瓢我就不禁想起她那酒葫芦似的乳房
每当扶着路旁的大树醉醺醺地走在回家的路上我就不禁这样想
我还是一个刚刚学步的婴儿的时候一定就是这样紧紧抓着她的臂膀
如今我已经长大成人却依然摇摇晃晃地走在人生的路上而她再也不能来到我的身旁

陆陆续续，每一个诗人都得到了很多掌声，有篝火、诗歌，还有酒。这时候，苏非舒就上台了，然后我也上去了，我拿起吉他开始弹。苏非舒坐下后，他老婆也上来了，端了一盆水。我看了一眼还纳闷呢，不过我想不是说好了嘛，他做什么我都不奇怪，我继续弹。苏非舒坐那儿，很慢地脱了鞋，把脚放在他老婆端来的那盆子水里，开始洗脚了。我就大概根据他的动作节奏用音乐配合他，然后他媳妇拿着一本书，在旁边，把那本书点燃，开始一页一页地烧。全场的空气，忽然寂静，我故意来回从静处弹到狂暴，又回到微弱，都能听到下面的篝火偶尔爆出的小火花。这时候，有一个中年汉子，爬上了舞台，他看了看正在燃烧的书，愣了一下，忽然他破口大骂："你们他妈的懂些什么诗歌？这些杂碎!"他指着燃烧的火堆，冲台下说："他们烧的是《诗经》!"

台下开始轰轰地涌动，这汉子打算骂下一句的时候，突然，苏非舒光脚站了起来，端起洗脚盆，哗!一盆洗脚水就扣在了他的头上，他被水泼住了下面的话，愣在了原地。等到他清醒过来有点意思想动手的时候，下面来了很多人连拉带劝地，就把他拉了下去。苏非舒和他媳妇还有我，也被劝了下去。然后乱哄哄地，我才知道，这个汉子叫单永贞，固原有名的诗人，别的没什么，我就觉得他搅和得我只弹了一半，可惜。诗会也有很多被请来的西海固的人，大家乱哄哄地相互为这个事情不忿，后面我还唱了首歌来缓和气氛。那时我走哪儿都唱《答案在风中》，我就会第一段，然后唱好几遍，下面掌声雷动，然后继续喝，然后都各自回了家。

第二天开始，就在媒体上看到好多不同观念的论战，多半牵扯那一盆洗脚水。有人说，再怎么样，也不应该泼在单永贞的头上。有人捍卫《诗经》的神圣，有人鼓噪先锋艺术，也有人从文明礼貌的角度来判断是非。这个事情闹得连出租车司机都知道了。有一次我打车的时候，那个司机说，唉，以前我们都觉得诗人呀艺术家呀，只能在电视报纸上见到，现在看，哎——啥么，都是些流氓二流子……

吵吵了好一阵子呢，也没个结果，事情就这么过去了。时隔八年在银川的一次大酒桌上，一个朋友带着单永贞来了，见了面他很自然地打招呼。我们喝了一会儿，我说其实我们见过面，那次贺兰山下的诗会，你和苏非舒的那次，我就是旁边那个弹吉他的。他恍然大悟，噢，哎呀，笑一笑，说，上次我去北京，还正碰到苏非舒卖诗，我还说我也去买他半斤诗呢，结果我在北京走那么远，找来找去，找着了，别人说他昨天结束了，唉！我就对他有了好感，我们喝了不少，单永贞的口才奇好，出口成段子，我们越喝越热闹，他的声音最大，说，我给你们唱个歌啊，一点不扭捏地开口就来：

一个婆娘美如画

一个老汉看上了她

他们两个结婚登记

公社书记批评了他

你们两个年纪大

还要结婚生娃娃

全国人民要都像你们这样

怎么实现四个现代化

老汉婆娘回到家

点起油灯学习婚姻法

老汉是这样对他婆娘说的

我看就算球了吧


这是用的人家《送我一朵玫瑰花》的调子，我说这个歌叫啥名字呀？他说不知道，一个新疆的哥们儿唱的，他也是学来的，然后说到了西海固就找他，一起喝酒吃肉，一起去找民歌手。我后来也就没客气，每次到固原就给他电话，大家每次歌唱哑、酒喝醉，东倒西歪回去睡。隔年秋天，我去参加台湾的流浪之歌音乐节，在台北中山堂的大舞台上，唱了这首歌，下面哄堂大笑然后掌声雷动，我私自加了一小段又给它起了个歌名，就叫《算球了吧》。

冬天我去固原，又和单永贞喝酒，嘻嘻哈哈地说起那次贺兰山诗会的洗脚水事件，我发现他早都淡然了，我忽然问了一句，噢，对了，你们完整地看过《诗经》吗？

# 一 次 喜 庆 的 演 出

那是一场谁都没有错的演出。大概 2007 年吧，我们接到一场演出邀请，对方说是个什么什么音乐节，公司相关的人员就设备清单和往返行程等等，确认了好几遍，主办方说，都有都有，我们有一个大舞台，啥设备都有。我们就兴高采烈地去了。

坐飞机到一个城市，再坐汽车两个小时，到了。一个茫茫无际的草原，真的有一个大舞台。当我走向舞台的时候，那么大的舞台，空空荡荡，没有任何乐器设备，我们都傻了，然后找对接的人，是个小姑娘，问我们的设备呢？她一脸茫然，说我们都在准备呀，这不是舞台吗？一会儿话筒就拿来了，你们就可以表演了。我说，啊？我们专门给了你们设备清单，有鼓有音箱和很多话筒架还有很多周边设

备呢？小姑娘脸也红了，鼻尖上都能看到汗珠，说，我们怎么知道你
们会需要那么多的设备？我们什么都没看到啊？没有人给我设备清单
啊？我们和商务不是一个部门，我们是承办接待的，设备是我们租的。
这时候公司派来的小姑娘小元赶紧拦在中间，问她，你们对接设备的
人呢？小姑娘说我就是啊。小元说那你能否帮我们对接一下设备方？
我们回头看舞台的后面，几个人正在抬音箱，他们在商量需不需要大
的调音台，因为这个地方的电压好像不够，我继续和小姑娘说，我们
必须有一套架子鼓，她说有的有的，我们工会刚买了一套鼓，很好的，
新的，没人敲。她带着我们找人开了仓库的门，一套崭新的津宝架子
鼓，亮晶晶地坐在墙边，我回头看见，鼓手看着那套鼓发呆……

　　我们急急忙忙帮他们把鼓搬上了舞台，这时候主办方说着本地话
过来了，还领着一个胖子，主办方对我说："哎，那个，师傅，这是
我们请的这次大型晚会的央视导演，央视的……"我说："噢？央视
的噢？哪个台的呀？"央视导演没理我的茬儿，只冲我说了一句，"快
点快点噢，你们都快点噢！"然后对舞台的另一侧喊着："舞蹈舞蹈！
大家注意啦噢，再来一遍噢，大家献哈达动作的时候腰要弯齐了噢，
再来一遍再来一遍……"我只有对小元姑娘说，赶紧让他们把线接上
吧。小元说，他们调音师要通电，好像这个本地附近电源没接好呢。
我们就在舞台边抽烟，等来电。

中午的饭是在附近的旅游蒙古包吃的，羊肉和沙葱，还有羊肉汤，主食是米饭和馒头。那一年的羊肉还没有那么贵，我们和本地的乐手吃得直打嗝，大家抢着喝汤，有人掀门帘，喊了一声：有电啦！我们抹抹嘴，奔向舞台。

音箱里播放着那一年最火的"动次大次"歌，嘹亮豪迈的女声带着略微的失真，回荡在旷野，舞台上敲鼓的当当当在安装，吹唢呐的"滴滴答滴滴答"地要找话筒架，我和正在拧螺丝的调音师说，给我一根长的吉他连接线吧！他说，我没有线。我说，没有线我的吉他不响，那我咋唱呢？他说，你唱歌好是用线唱着呢？我只有对小元说，你去找他们主办方协调吧，我们清单上写了要求提供连接线的。小元说，他们所有设备和调试都是这位师傅一个人。我想了想，过去递了一根烟，说：哥们儿，给焊根大两芯的线行不？他夹到耳朵上说，不是不给你线，他们也没说清楚要我带线呢，怪谁？他冲远处喊了一嗓子，小朱，小朱，你给多焊上一根线。我继续在舞台边抽烟，等线。

因为需要他焊线的不只我一个，两个小时后线焊好了，我们拿着线冲向舞台，我的这根怎么试也不响，我拧开线头一看，冲他喊：师傅，焊错啦！你焊成三芯的啦！我听到调音师傅冲他徒弟喊叫：你咋焊的线？再焊！啥也干球不成，一天把爹们一个人累死！

总算都出了声音，赶紧调音吧。我试着唱了半首歌，刚想说话呢，贝斯手和吉他手的话筒还没拿来，我冲台下又喊，师傅！师傅！再给拿两个话筒，我们吉他手和贝斯手也要唱呢。这次调音师没上来，导演上来了，可怜地喊：师傅，师傅哎呀，你们试完了没？快点快点！领导马上来了……他话音未落，雷声滚滚而至，他接着喊，领导已经来了你快下去不要再调了吧？我冲着话筒喊：我不下去，我需要两个话筒……导演在下面，淋着雨来回走，我看着调音和设备的哥们儿嘴里委屈地嘟囔着，一边在他的工具箱里刨，大概三分钟，有人送上来两个话筒，我试了几小节，下来。

毛毛细雨里，演出开始了，仿佛五分钟之内，舞台变成了一个婚礼一样的节日。主持人留着飞机头穿着米黄色的西装，女主持当然穿着洁白的拖地裙，他们神采奕奕地致辞，漂亮姑娘们跳舞的时候我都知道她们下一个动作，我也知道每个歌手要说的台词。我前面演出的是一支内蒙古的乐队，他们唱了摇滚版的《鸿雁》。我唱的时候，主办方请的客人里有一位老哥是我的朋友，上来送了我一条哈达，下面掌声雷动，我很感动，感谢了主办方，感谢了所有在场的朋友，一切看起来都很好。

在后来我再次接到这样的演出的时候，每当我看到执行团队的小姑娘鼻尖上的汗珠的时候，总能想起来那条哈达，总能想起来那个小姑娘说，我们怎么知道你们会需要那么多的设备？每个人都用汗水和委屈告诉我，谁也没有错。

EARTH AND SONGS

SU YANG

# 辑三

# 歌声中的银川

80 年代的时候，银川只有一条主要马路，从贺兰山下一直延伸到银川的东门，贯穿了银川市的三个地方：新市区、新城、银川。当时有个顺口溜，新市区是战场，新城是赌场，银川是情场。我就住在战场的第一大"城市"：同心路。

# 像 草 一 样

　　1995 年左右，在银川几乎所有的歌舞厅里，那些从南方传来的流行歌谱子，上面都写着"安彪用"。这让大家都有一个错觉，好像那就是安彪写的谱子一样，所有乐手也都以那些谱子作为标准，就这样，认识的不认识的，大家都记住了安彪这个名字。

　　过了两年，作为鼓手的安彪，留着长头发，领着老蔡等几个从南方回来的乐手，出现在设备和价格最好的几个歌舞厅。银川的歌手乐手都围在他跟前，前呼后拥，老板们也对他很好。他很得意，每日就喝得醉醺醺的，有时候开场曲的时候都没有醒来。没办法，他有个同学，秦腔剧团的，叫马虎虎，是歌手，会唱很多齐秦的歌，每次安彪醉了的时候，马虎虎就替他打开场曲《太平洋之声》。后来大家传闻，安彪在二建夜总会干了两个月，马虎虎的鼓打得越来越好了。

有一个晚上我出来找活儿，走进二建灯红酒绿的大厅的时候，朋友相互介绍了下，我们握了手，安彪捋了捋肩上的长发，用浓重的陕西话对着歌厅的服务员说："妹子，快去，快给几个哥倒几杯咖啡去！"我们就这么认识了。

隔了几天的一个晚上，安彪打电话，说，干啥着呢？我说，没事准备睡了。他说，出来嘛，这么早还莫（没）到12点你睡啥？我们就在西门桥头，喝着啤酒。我和他说，我在为儿子上学的事奔波，他说，我帮你找朋友海燕，她能帮忙呢。然后给海燕打了电话，海燕就答应给帮忙。后来聊了半夜音乐，我说起当时透明乐队的前景和展望，撺掇他入伙，就这样，他答应加入透明乐队，还拉来了贝斯手老蔡。

事实上安彪加入透明乐队的时候，乐队已经开始进入混乱期，我们在银川演了一场轰动的演出，但是谁也不会经营，只知道要排练、演出，演出之外的具体事情没有任何人来做，稍微有点钱就赶紧凑一块儿喝酒。这样的日子过了两年，安彪在南方从来没有这样穷过，但是他也没有抱怨。没办法，大家就又在想办法找夜总会的活儿，想乐队整体去伴奏，但是，这样的摇滚乐队，在当时的歌舞厅，是没法长期干的。他们好像也开始习惯这样的穷日子了，老蔡在安彪家住，安彪每天揪面片或者扯面，放一把韭菜，大家呼噜呼噜，很香地吃一肚子。

安彪他哥是宁夏最有名的秦腔板胡琴师之一，我们叫他老安。有一天，安彪说他哥安排他去考秦腔剧团，我看看他，再看看他的黑背心和黑豹乐队式的打扮，没有说话，我知道，乐队给不了他任何东西。

安彪的本名叫安爱民，老家在陕西周至，就在终南山下的一个角落。我十几岁在西安上学，一个偶然的机会去楼观台玩，自己翻山到僻静处，见到很多竹林，就莫名其妙地喜欢终南山。后来我又和老安去了趟他老家，在他家屋头的一块田里，第一次见到他父亲。老汉七八十岁的人了，站在犁上，赶着牛，身手敏捷地在犁地。歇息的时候，话少，抽着很呛的烟叶。晚上我就睡在他家的炕上，炕边上有他们写的毛笔字，笔法严谨。回来后，我和安彪说起我向往终南山下，还有他家的大院子。他撇撇嘴，说，山水好，就是太穷了。直到有一天，他因为母亲去世回了老家，回来后和我说起，他们给他妈妈修了村里最好的坟。

当初安彪在艺校学的专业是二胡，但只学了一半就跑到南方学打鼓去了。因为多年在南方的夜总会里打鼓，他几乎忘掉了秦腔的板眼，但是对于秦腔和板胡，他从小有祖辈传下来的耳濡目染，家里在周至县远近百里都是有名的秦腔班子。我曾经看到一个视频，他的老父亲和哥哥们一家人组成的文武班子，演奏了很多牌子曲，他大哥可以用一个鼻孔吹着唢呐还不跑调，关键是嘴里还叼着烟。我称之为：安家班。

那段时间安彪真的很虚心，老老实实地在家练了段时间板胡，但是能听出来还不是那么娴熟。他也常混在那几个民间班子里，我还记得有个拉板胡的叫罗林，甘肃农民。我们喝酒的时候，他俩各自用浓重的家乡话在探讨着苦音二六板里那个经典的 b7 秦腔苦音，一个二六板，你拉一段我拉一段。

2004 年的时候，我以个人名义和几个朋友一起排练演出，安彪已经是秦腔剧团的正式演奏员了。我知道他上班忙，就没有拉他来打鼓，但是他没事老来看我们排练。我说你别打鼓了，你就加点民乐吧。第二次，他就带了很多小东西，还有堂鼓，这里加几句，那里加几句，居然有了很多民乐的味道。我们都很惊喜，我就劝他，干脆我们用民乐的各种鼓，模仿西方的爵士鼓，组装起来，然后研究戏曲里的打法，形成风格。我和他一起找王银平，还到处找材料，但安彪只在酒后会有热情和我讨论这些，酒醒了他就忙碌于单位，后来不了了之。

安彪以民乐手的身份和我们演了几次，他的民乐在我们乐队里也越来越出彩了，但是他很听领导的话，好几次失约了我的演出，因为当天他领导演出他出不来，后来我就不怎么叫他了。短短两年，我再去团里找他玩的时候，看他们排戏，就发现他的板胡越来越纯熟了，那个 b7 音，确实有着很多年轻琴师没有的味道。他拉琴的时候，旁边放着老艺人们常用的大茶杯，每次排练或者演出拉琴的间歇，一根烟，一杯茶，我就笑他势子扎得老，他也笑话我："你个土坯！"因为我夏天总不穿袜子，总穿双布鞋。但是有一次他从陕西回来还给我带了双手纳的千层底布鞋，他自己也穿了一双。每次听到他拉二六板，我就想起他的老家，那些清秀的竹林和终南山下广阔的厚土，最关键的是，我在他拉的戏里，经常听到他不同于老琴师的处理，甚至有流行乐的节奏，毕竟，他曾经是那个《一样的月光》的安彪，《千千阙歌》和《归来吧》的安彪，透明乐队在低劣的排练房和破喇叭嘶吼出来的《满江红》的安彪。再次和他们喝酒的时候，我发现，他和他哥哥一样，在民间班子里，也已经有了声望。

那时的秦腔剧团开始排练些新的秦腔现代戏了，他们在舞台上加入了越来越新的灯光舞美，从外地请了导演，安彪在团里乐队的位置越来越重要，基本上领导重视的戏，都由他担任琴师。他也有几次打电话说排了新的剧目，"今晚在大会堂演呢，你来不来看？"

就这样，我们逐渐忘掉了那个曾经长发的、黑豹乐队式的安彪，他出入各种秦腔演出、获奖活动，也带着琴去生意人的酒局，并以此为荣，不顾我的嘲笑，依然不回他的周至老家，在给我录了第一张专辑的民乐后不久，他结婚了，妻子是团里的秦腔演员，很年轻。

有一天，秦腔剧团搬到了我家隔壁的院子，他们排练的时候我们家都能隐隐约约听到声音。安彪借着这个便利，在那个院子里办了一个鼓和打击乐学习班，他把自己以前的照片放得巨大，贴在楼墙上，每次我走进他们团的大院，看到他戴着黑墨镜，披肩长发，黑背心和牛仔裤，我就笑得捂着肚子。

然后他自己设计了很多中国鼓的曲子，教给娃娃们，合奏中国大鼓，那些打击乐曲整齐、笨拙，但是有着西北娃娃们特有的振奋，像他自己。就这样，安彪以一个孩子王的自豪，重新拿起了鼓槌。在很多时候，我在早上的睡梦中听着他们的鼓声醒来。

这些年了，皱纹早都爬上了我们的脸，但是我们毫无感觉。安彪一生好酒，我是近年才对酒有依赖，每逢心事纷扰，一出门，从来第一个就给安彪打电话，毫无顾忌地问：在哪呢？出来坐会儿？然后随意拉他出来陪我一醉，但是他每次喝醉半夜给我打电话的时候，我都会骂他，然后关机。我知道他人缘好，去找他的人，五花八门，搞秦腔的、玩摇滚的、做生意的、孩子的家长，只见他忙忙碌碌，还是经常和每个人承诺："去我那儿，我给咱下面吃。"事实上，自从2000年之后，我们都没有去过他家吃面，酒倒是喝得越来越勤快了。

有一次他在外县喝酒吃火锅，回银川后觉得身上很痒，过了段时间越发厉害了，去检查，大夫说：天疱疮。那段时间他到处看病，很多医院看不好他的天疱疮。过了一年，我就劝他，不行就回终南山脚下吧，我相信那个生他养他的地方，可以给他归本还原的机会，一定能找到能够治他病的人。我甚至劝他去楼观台让那些道士看看，或者去那附近深山里找一找，一定有修道者，我相信他们能治疗他。但是，他回去找到的是他家附近诊所的医生，我一直在问，这个医生是否给你开过激素？他说开了，一吃就好。我隐隐感觉，不太对。

我录第二张民乐的时候，是回银川请安彪录的。他找来了唢呐刘满群，按照自己写好的乐句，给老刘打着拍子。中间休息的时候，他们闲谝，说起某一天一个唢呐手送人的时候，吹了一段很好的曲子，安彪笑着说："老刘你走的时候我给你也吹这个，美得很！哈哈！"我当时笑着骂他，在长辈面前乱开玩笑，是对生死的不尊，但是老刘并没有在意，反而和他谝着哪一段好听。然后，我要求他用板胡拉出《像草一样》的副歌部分的时候，他忘了，我又哼哼了几遍，并且写了谱子，他瞥了一眼谱子，然后在《像草一样》里，发挥出了我见过他最好的情感注入。他对秦腔的爱，那些像水袖一样婉转地绕来绕去的短句，可以绕出你的热泪，满溢之后，流在了我们的歌声里。

我们在秦腔的悲苦音调里醒来的时候，多半时日是玩笑的，朋友小白来银川拍了《像草一样》的 MV，安彪在黄河边"语重心长"地拉板胡。他后来给很多朋友看这个，很自豪，好像还把里面的照片洗了出来，不顾我的嘲笑，在酒后答应很多人，送他们我的专辑，然后打电话来要"盘"。我说我不是卖盘的，没有了。他就不吭声了，但是会在某个深夜喝醉打电话，当着他那些小兄弟的面，骂我，然后要求我，"老汉！我小兄弟想和你说几句话！你给个面子，你以为你是谁？你是个球吧？哈哈哈哈哈！"然后他的小兄弟会说，"阳哥阳哥，你不要介意，安老师喝多了……"后来那几年我在银川待得少了，偶尔回来电话也少。安彪有了一个女儿，培训班和团里的演出成了他的主要事业，直到 2012 年年底，传来了他因为脑干出血，昏倒在团里的消息……

这期间，我这个以他兄长自居的人、他一直引以为豪的人，什么也做不了，什么也没有为他做成。一年的病痛之后，安彪离开了，不管是他们单位的还是银川的乐手，很多人都来送他，大家都给了他很高的评价，也说他是个优秀的演奏家。当天他哥哥就启程，送他回周至，"我们今天就走，老家都安排好了，就把他埋在我母亲的脚下。"老安说。

我后来再次打开《贤良》的动画，中间那些欢快的、骚情的、隐藏着挑逗的胡琴声，每一声都让人钻心地伤感。我想这个世上没有真正能让人释怀的失去，何况是生命呢，所有曾经一起创造的欢笑乐段，都变成了悲歌，连我无数次骂过他的那些俗套，那些我嫌处理得太甜、太歌剧、太主流的声音，都变得弥足珍贵。我不由得想，对于时光，我们生而愚昧。以后，我在银川演出的舞台上，在《凤凰》里，需要那段低胡响起的时候，舞台上会少了一张凳子……

　　这个生在终南山脚下，毕业于周至县勒马村小学的孩子，走了五湖四海，也感受了秦腔和流行乐的福泽，现在，他回到了他的家。既然无法挽留，既然阴阳两隔，那么，回去吧，让朴拙的灵魂，回到终南山下，回到勒马村，回到你妈妈的脚下，起码，那是平静的地方，虽然我想那里也已经楼宇参差。

---

**注**　本文所有细节皆为印象，并不考证，个人感受，谨此。

# 我曾用心地
# 来爱着你

1990 年，有个哥们儿要开一个歌舞厅，知道我会弹吉他，就来商量搞个乐队，算乐队人数的时候我的打算是四个人，就是吉他、贝斯、鼓、键盘。他问我是不是人太少了，别的舞会上当时是以铜管为主的，小号、萨克斯大概七八个人，我说四个人就够了，再找几个流行歌手就行。于是我去找到了新城的贝斯手老刘，然后我们找鼓手，老刘说找东安，东安在新城，新城就一条街，有句话说"新城街上两座楼，一个警察站两头"。东安就在新城中岗楼路口的二楼，我们进去的时候，他边唱边打鼓，宽宽的脸盘全是汗。东安最早是长城机床厂的工人，后来因为喜欢摇滚乐，辞职了，想专门搞音乐。他和我们说他在"搞作品"，我们高兴地玩了一下午，第二天就找来了键盘手和歌手，开始在新市区友谊餐厅二楼排练。每当东安唱起《新长征路上的摇滚》时，我们全都热血沸腾，每天排练完，少不了狂灌一通。

中秋节歌舞厅开业，生意极火，每个歌舞厅都是以乐队为主招徕客人，我们自诩是银川最新潮的乐队，纯电声、流行歌，从谭咏麟到崔健，从潘美辰到邓丽君，迅速征服了同心路的小商小贩和各个厂的年轻人。歌手唱《水中花》他们就跳慢四步，唱《新长征路上的摇滚》他们就跳颠四。东安那会儿是队长，很热情，也尽职尽责，我负责写谱子排练，他负责考勤计时组织。那时最火的歌是《我曾用心地来爱着你》，每次歌手在唱到最后反复的时候有两句和声，原版磁带里是潘美辰自己录音和音的，东安经常到那两句就主动伴唱，嗓子很高，偶尔他心情不好，就不唱。我就会回头看他，然后用吉他弹出那两句。后来因为我开始找对象，就懈怠了，谱子也不写，直到有一天东安找来了新的吉他手代替我的位置，我有些不高兴，但也没太当回事。后来大家各自胡混，听说他们去了南方，后来听说他们回来了，又听说他们散伙了。但从那以后，我倒是变成了银川最认真的乐手。

我们有十年没有再见面，我从同心路进了城，2003年去了银川一家星级酒店里的歌舞厅混饭，生意不错。银川市房地产已经如火如茶，斜对面的广场又开始盖楼，好像是在集资，每天有很多人在那儿排队，喇叭里的画饼声慷慨激昂。周边的盐池到定边一带的石油生意正好，经常听到有人前一年还给别人打工看油井，突然有一天自己挖出了一口井，出了油。一夜暴富的故事，比比皆是。城里城外的都会开着豪车来银川市消费，有时候干脆就包场，夜夜歌舞升平。台上乐队的演出内容也和十年前不一样了，我们的主持人隐藏起银川口音，用生硬的二半吊子港台腔，把舞台搞成一个山寨百老汇，这个时候乐队在这样的舞台上已经不是最重要的了。我时不时地接待南来北往的二人转演员，"迈克尔·杰克逊模仿秀"、"迪克牛仔模仿秀"等等各种明星模仿秀演员。他们在夜场的行当里，有个名字，叫"嘉宾"，越贵的越卖力。我好几次看到汗水在他们抹着厚厚脂粉的脸上冲出浑浊的印子后，掉在地上。即使这样，他们多半会从容地灌下那些客人强行递上的大扎大扎的啤酒。出来混，一定要给面子。

有一天舞台上需要一个鼓手，我就又想起东安了，请他来打鼓，性格还那样，不顾场合地大声哼唱和讨论流行音乐，没心没肺。见面当天晚上我们还是烤羊肉串、银川白酒，过了几天东安提起他媳妇，来自内蒙古的草原女子，名字挺长我没记住，说他们快离婚了。又过了几天，东安几乎天天喷着满嘴酒气来上班，我说以后上台前别喝酒啊，他支吾着。但是舞台上一结束就组织酒局，喝完他还抢着付账，却又为几块钱为难服务员。

有一天我问他还唱歌吗，他说以前在南方唱刀郎的歌，感动过很多人。我劝他准备几首歌，如果经理答应，可以多挣一份钱。他起初哼哼唧唧的，说什么很久不唱了，生疏，怕我脸上不好看。我说没事的，你能唱就唱，养家糊口嘛。我上下安排好后，还每天让他打鼓。一个月后，他终于离婚了，更是每天喝得两眼通红。我劝他的同时，也暗示他，这个小城市不是每个人都能一天挣一百块钱，现在他连刀郎的歌都唱得晃晃悠悠快上不去了。他说调太高了，我就用软件给他降调，后来我发现给自己找了一个麻烦，忙活了一天给他只弄了两首，给他的时候说再别让我干这个活儿了，下次花钱找专门的人做吧。东安后来就不怎么唱了，再后来那个歌舞厅换了老板，我们集体下课。我们在前进街夜市摊子喝最后一场的时候，其实我几次张张嘴，想提十几年前的旧事，但是想想，都咽下去了，就这样像往常一样喝了一场后，作鸟兽散，我也结束了混场子生涯。

2010 年我又见到东安，是在一个朋友的婚礼上，那次是我喝多了，喝得太多，不知道怎么回的家。第二天我老婆告诉我是东安送我回来的，他很客气地给她打电话，让我儿子下去接我。我就赶紧打电话谢谢他，他说没事没事，以后你少喝点，注意身体。

# 山 楂 树

　　1995 年左右，老城区的大众歌舞厅里面，首府歌舞厅应该算生意最好的，就在羊肉街口，市政府的旁边。和其他灯红酒绿的场地不同的是，里面多半是银川本地机关的职工，人到中年。这一年下岗潮也淹过了银川市，机关里的优越性在降低，但是他们习惯了听从单位的安排，所以改变的脚步相比南方人和东北人要慢。几十年来，他们固守着这样的安分的生活——早上依然是在街对面的宁园公园锻炼锻炼，在挑挑拣拣的早市，老银川贺兰和永宁口音大声地叫卖，广播里有主持人在喋喋不休地煽情，说有人下岗后重新扬起了生活的风帆，后来做企业做大做强的故事，好像下岗反而会给大家带来多大好处似的。

有些人从机关的小办公桌上离开，变成了个体户、出租车司机、小饭馆老板。晚上他们就出现在首府歌舞厅，低消费的人群和舞台上低收入的艺人，舞客们国标舞的舞步并没有凌乱，鱼尾纹初生的眼睛依然顾盼生姿，从《山楂树》的"蹦擦擦"到《昨夜星辰》的探戈。

我们就在这里面伴奏，老板叫撒哥，比我们大七八岁，个子高高的，戴个眼镜，很机关单位人士的样子。见面的时候，撒哥看着我的长头发，用浓重的银川话说："不要闹什么摇滚乐，我这点儿都是中老年人来跳交际舞的，你们闹的那个别人不爱听。"

谈了几次后，撒哥说，每天只能开场的时候演一首摇滚乐，剩下就老老实实弹舞曲，先干一个月，合适了接着干，不合适了我另请高明。我们就答应了，工作不好找啊。

撒哥一般是开场前在大舞池里转一圈，就到他办公室去了，不怎么管。有一天我们看撒哥好像没来，就把音量开大，先来个《无地自容》，下面的中老年舞客和国标舞师生，开始搂着跳颤四。颤一颤，踏不上点儿，再颤一颤，还是踏不上点儿。我们来第二首的时候，他们就停下来看，有的人捂着耳朵。

我们演了三四首玩得出了汗，然后才开始弹舞曲，电子琴开始弹起《山楂树》的时候，我和鼓手想偷懒，就去厕所尿尿，一边谝着，我说刚才我们玩的时候声音太小了，啥破音响嘛，我都听不清楚贝斯声音。这时候我身后有人说："还他妈的声音小？我差些震得从坑上掉了下去！"我回头一看，撒哥在坑上蹲着呢，两只眼睛红红的，瞪着我。就这样，我们干了一个月就滚蛋了，撒哥人很仗义，说了一个月就一个月，也不提前开除。

大概是1998年，体育场办了一个银川有史以来最大的演唱会，当时风头最劲的黑豹、臧天朔和苏芮——对于小城市来说只能在电视和磁带里听到的名字，都来了。

人群拥挤，街道热闹，武警们严阵以待，一张票一百多，我们买不起。我和乐队的安彪站在体育场的铁栅栏外，音响轰鸣，苏芮的《一样的月光》前奏响起，她的现场声音很有质感，高音征服着我们。然后，李彤的吉他响起的时候，我和安彪说，我们要组一个银川最好的乐队！去他妈的歌舞厅夜总会吧！

那真是一个激动人心的晚上。

但是我们依然没有找到合适的场地，因为银川市已经开始流行迪厅了，所有的歌曲，都配上了"动次动次"的鼓点，下面染着五颜六色头发的丫头尕子，大口大口挥霍着雪碧掺着杰克丹尼，他们只需要一个艳丽的领舞。我们依然无处可去。一年之后，我们在体育馆和北京来的明星们开了演唱会后，我解散了乐队。

2000年元旦在礼花绚烂的光彩中迎来了新的世纪，满街黄头发和绿头发的银川市，修了八车道，白天有了更多的外地生意人，晚上有了更多的消费。节奏已经从"动次动次"进步到了"动次打次动次打次"了，一个慢摇的银川。

后来我再见到撒哥的时候，是在西塔文化市场古玩城里，他和别的文物贩子一样，在门口和别人闲谝。我和他打招呼，他很意外。我看着貌似古色古香的店面，和他客套着，但我也没有问首府歌舞厅什么时候不干的。

再后来，我知道，首府歌舞厅那个地方变成了一个人才交易中心。每次路过，看着那些熙熙攘攘的、带着简历排着队的人，我总是想到撒哥那双发红的眼睛。

# 离 不 开 你

　　1998 年的时候，我所组建的"透明乐队"迎来了新的伙伴，鼓手是安彪，还有和安彪从南方一起回来的贝斯手，叫老蔡。我照例是作词、作曲，然后弹主音吉他，那时乐队有主唱，但是有时候老蔡也唱，他是正宗的陕西蔡家坡人（虢镇的吧？），小时候学过秦腔、老生，后来当兵，上过越南战场，是挖地雷的工兵。其实老蔡比我大不了几岁，但是长得像电视里的赵尚志，不喝酒，使劲儿抽烟，在安彪家住。那时候安彪在找对象，我们都很穷，排练是在郊区的一个水泥制品厂里的活动房，经常身上一分钱都没有。有一次我带了孩子去排练，老蔡用身上仅有的 5 块钱，给娃买了一板娃哈哈果奶，从此我的孩子就记住了"老蔡叔叔"。老蔡饭量极大，有一次在安彪家做面吃，一大锅，然后我盛了一碗，安彪盛一碗，我俩正吃着呢，老蔡问，你俩还盛不？我们说不了，他就端着锅，蹲在地上，吸溜吸溜几下就把剩下的大半锅吃完了，我们就笑着骂呢。

大家经常找不到活儿，就都开始借钱。后来我们分别在第二建筑公司楼上的歌舞厅里找到了伴奏的活儿，一开始还天天干，后来生意不好，老板就每周二四六，再后来就只人多生意好的时候才临时打电话叫我们去，这样很多歌手都会找别的歌舞厅去干，临时叫不来人。那天前面的歌手匆匆唱了几首赶场子去了，后面人没来，没办法，老蔡就说他唱吧，就唱了首《离不开你》。他唱得有点秦腔老生的味道，改了人家原唱的几个高音，但是不像刘欢，所以下面也没什么人鼓掌。再说，他长得像赵尚志，尽管他自己说像施瓦辛格，那也肯定不如女歌手有掌声，我们就又笑了他很长时间。

有一天我们来歌舞厅伴奏，就一桌客人，我们正弹着呢，人家还给走了，我们就在那蹭啤酒喝，一边闲谝一边等客人。喝到快散场了还没客人，老蔡就说我来唱首歌，我们知道又是这首《离不开你》，那天是很简单的钢琴柱式和弦，因为安静，加上他把每一句都唱得很慢很慢，所以陕西口音和秦腔老生式的旋律很清楚：

你 张 开 怀 抱 融 化 了 我

你 轻 捻 之 间 揉 碎 了 我

你 鼓 动 风 云 卷 走 了 我

你 掀 起 波 澜 抛 弃 了 我

我 俩　太 不 公 平

爱 和 恨 全 由 你 操 纵

可 今 天　我 已 离 不 开 你

不 管 你　爱 不 爱 我……


那不是我们身边的那个老蔡，仿佛一个蔡家坡赵尚志在唱出他藏了很久的思念和呼喊，安静地喊开了隔在银川和南方的尘土，我听到他在那么远的路上真的有一个他很不想离开的人。本来在三言两语闲谝的我们，在他的歌声里异口同声地沉默，用眼睛盯着他的旋律，起起伏伏……

歌声结束的时候，有三个呼吸那么长的无声，我想了想，不知道为什么，没好意思像平时一样开他的玩笑，他自己从歌里醒来的时候发现我们都在看着他，没有喝酒，就有点不好意思，嘿嘿干笑两声下来了。

后来有朋友搞了一次"世纪狂飙"音乐会，把唐朝、超载、张楚等等请来了，我们也一起在体育馆演出了一次，之后我实在觉得这样下去不行，不如解散乐队吧。后来听安彪说老蔡回了蔡家坡，还有人说他又去了南方，继续干歌厅。

2012 年的一天从街边走过的时候，小卖部的电视里传来一个女歌手在唱这首歌，熟练地声泪俱下。我就给安彪打电话，问现在老蔡有联系没有？这人现在哪呢？电话那头说，谁知道呢，有人说去南方弹贝斯去了，有人说不干了，做生意去了。

# 江 河 水

　　我后来接触民间音乐的时候，办过很多可笑的事情，比如我想能不能把手里的吉他改个样子，让它变成吉他的脖子、中阮的身子？我就去找开琴行的朋友商量，他说这个事情你找老保，保大鼻子，他会倒腾这些。

　　我从步行街穿过永安巷，在南关清真寺外面的一间平房门口，见到保老师的老伴，她说他在教学生，一个小女娃娃。我等了一会儿，门口的小凳子上放着以前的老教程，他老伴在忙碌家务。学生走了后，保老师从屋里出来，一见面我先看了下他的鼻子，我就憋住没敢笑。我们俩在他家的平房谝着，我说想把吉他指板安装在大阮、中阮或者三弦上，保老师说不可能，你说的要把民乐和吉他结合起来，我告诉你已经有了一个乐器,你知道秦琴吗?我说我见过,他说秦琴就是这样的混血,但是并没有解决响度问题。我们就顺着乐器的事情诹到了音乐上,第一次听一个银川的前辈和我说音乐的呼吸问题,我们聊得很投入,对音乐的感受有很多出奇地一致。

聊了整整一下午,我从他家出来的路上,路过南关清真寺大门口,很多旅游的人来参观,寺门口的牛羊肉摊位生意很好,很热闹。但我还在想刚才我们诹的内容,虽然一下午都没有听到他的胡琴。我还在想,没有人实现过的东西未必就不可能。

第二次见面,是安彪约了几个秦腔爱好者聚会,让我也去玩儿。我们在一个朋友的饭馆包间里,进门后安彪介绍了下桌子上的朋友,开出租的张哥……我正要起身握手,张哥电话响了,说:"你们'悄'着,我老婆电话,今天没回家吃饭。"我们都闭嘴,看着他,他接听了,一声"昂"压(挂)了,我说啊?就一个字?他说,还说啥呢?一会儿又打过来了,再说,"悄着",接了,大声说:"我拉人走新市区呢,不回去吃了。"又压了。

然后我们端起杯子的时候,保老师就来了,提着琴,冲我说,你小子这几年跑哪里去了?连个消息都没有?然后他先吃碗米饭,开始喝了一会儿,安彪就说你给咱拉个二胡嘛!把琴递给他,老人问谁的琴?张哥说我的,老爷子说不顺手,凑合着拉了一会儿,把自己的琴打开。安彪说保老师的慢弓是银川最好的，是权磊的老师呢，老爷子就说，权磊来学的时候，我给娃娃说，你跟着我学行呢，不过不要跟别人说是跟我学的，除非以后你觉得你可以了，哎，都学成了，你觉得我没有把你按到泥坑里，那一阵子你再说你跟我学的。后来权磊果然在银川年轻一代的二胡演奏家里比较突出了。

他说完话，吞咽了半口酒，停顿了下，拉起了《江河水》，前面听着挺顺的，我还喝着酒听，到了微弱的时候，我们都不吭声，静静听，就在最静的时候，他的弓子忽然给了一个强音然后迅速弱下来，慢慢慢慢地拉开，白发的头摇了一下，没有了弓弦的声音，我们就把杯子停在半空，太安静了，传来了窗外楼下固原人路过和闲谝的声音，还有三轮车前铰轻碰的声音，太晚了，有人收摊了……我们用眼睛能看到弓还在拉，不知道啥时候有了很弱的声音，他把这声转着弯子拉长，身子也开始跟着动，最后又摇了摇头，拉了结束句。

我们的耳朵从里面出来，赶紧鼓掌叫好，老爷子就很高兴，举杯。他喝酒还挺猛，白酒基本是一口一杯。我们就谝些家长里短，老人就叹口气，说，唉！我最近正是最难的时候。安彪就笑他，说老保，你老是又到了最难的时候，又咋啦？答，老伴去世了八个月了。我们就都不吭声了，不知道怎么让他宽心，悄悄地端酒，在他杯子上轻轻地碰一下。

　　那天我们喝了很多，我只记得后半夜没敢再让老爷子拉琴。喝醉和安彪回来，对着他们团的几个尕子吹了一通牛，然后我翻过两道铁门，回家睡了……

# 在螺丝钉的
# 耳朵里歌唱

　　1983 年，我家在银川新市区氮肥厂的厂区平房。夏天，外面在放炮，院子里有人考上了大学，大人们在羡慕地谈论。我对这些屁事没兴趣，但我们这一拨也开始准备考高中了。我在又一次逃学后被抓了回来，假模假式地学了段时间，也考上高中，去了银川市区。

　　市区比新市区要繁华，繁华的主要标志是大街上商店里都在放音乐，很大声。1985 年开始，只有两个人在每一条街上唱，一个叫张蝶，很凶猛地唱《成吉思汗》；另一个是张蔷，长得像默默无闻的女同学，但是公然出现在磁带封面上的大爆炸头，是掩盖一切的光环，她矫揉造作的嗓音、撒娇的歌声，比邓丽君更靡靡之音、更辣。在公园里和父母不在的家里，四班有几个人天天抱着吉他，他们从来没有完整地弹过一首曲子，但都能完整地哼唱张蔷的旋律。

平静而浑浑噩噩的日子没过多久，就又开始混，一混不可收拾。我旷课，和老师顶撞得有点过头，后来干脆被开除了。那段时间，我和四班的几个在校生在外面喝了一场大酒，在一个哥们儿家里，他把音乐放得很大，伴随张蔷起哄的歌声——《来自心海的消息》什么的，好几瓶铁盖子银川白酒就下肚了。

开除之后，已经不知道是第多少次出走。银川的冬天，晚上很冷，我走进一家小饭馆，屋里两个胖女人在聊天，穿着油腻的白褂子。我要了一个烩小吃，热腾腾的，很快吃进去，身上有了一点汗，我想这下不会冷了。一出门，走了几步，汗马上干了，潮冷。马路上车不多，旁边的商店里放着张蔷的歌，"喔喔耶耶，爱你在心口难开……"这时候我觉得她的歌声真好听，人来人往的街道，路灯很亮也很冰，可是我不知道该去哪里。

只能回到新市区。棉纺厂离我家不远，那时候很荒凉，不过还在生产。女工们在忙碌，机修或者别的车间都是男的，墙上的大字醒目：我愿永远做一个螺丝钉！他们比我们大四五岁，也没什么娱乐，1983年好像还和区建一公司的另一帮人打群架，"百人大战"。晚上，不上班的、老老实实的螺丝钉们睡觉，不合格的螺丝钉们有时会递给我一个马桶包，"去，买几瓶银川白。"有时是食堂的剩饭，一次是跟我一样跑出来的小宝领着我们从家属院偷的一只鸡，用煤油炉炒了，开始喝。

一般几个宿舍用一台录音机，张蔷唱着"每次走过这间咖啡屋……"喝到后半夜，会带着脏话说说各自看上的女人。有时候喝着喝着就吵或者打起来，酒瓶子从窗户扔到楼下，玻璃渣溅到墙上，保卫科会过来收拾他们，乱作一团也没有人关掉录音机。

时间就是这么过去的。大部分人，按部就班，初中、高中，考不上大学，照例成为螺丝钉，当学徒、工人，或者当兵，通过介绍找到老婆或者嫁了，然后继续在岗位上当好螺丝钉。有些在光荣榜上闪光，多数默默无闻暗淡无光。歌星张蔷的歌声在那两三年内遍布了几乎所有地方，她的听众、我的同学和哥们儿，有的还读高中，有的当工人，或者从农村到了城里，或者家里有门路能去当兵，更小的杂子们因为逃课、翻墙、巷战、看《少女之心》和穿喇叭裤弹吉他而被看作道德败坏。少管所和号子里连迟志强的《铁窗泪》都难以和张蔷并驾齐驱。后来我想，是不是只有这么粗糙的歌声，才属于我们，属于不符合规格的螺丝钉？在中国的万千街道上响起张蔷歌声的时候，我敢打包票，没有谁的爹妈会喜欢这样的歌声。可是，谁占领街头，谁就是偶像。

　　转眼二十年，谁都会忘记谁，更何况一个歌星的名字呢？由劣质效果器、笨拙的合成器、傻乎乎的节奏和着撒娇而畅快的歌声，有时候觉得，那才是勇气，深深地抓住了我们80年代的干渴的心。干渴的才是值得珍惜的，无所谓音乐的好坏。

　　前几年，偶然在音乐网站上看到消息，张蔷回国后自己开演唱会，在北京发了新专辑。她自己改编了这些歌，追求完美了，节奏更准确了，音色时髦了，形式跟上了时代，也在主流媒体中经常出现，意料中不再鹤立鸡群，不知道是多了今天高级的东西还是少了旧有的落后的东西。过去的，就是过去了。活在新世纪里，也有人拿着双卡录音机、黑胶唱片，那是怀旧了。我们知道，无论是邓丽君还是张蔷，她再也不是那个三亿人的梦中情人。货架上，主角在变，酒桌旁也不再是双卡录音机了，掏钱的人也有了不一样的名字。

　　她的听众们，也长大了或者很快老了，好像半锈的螺丝钉，我们偶尔在银川见到都不太敢认对方了。谁都没有变成一条好汉，有时候我会想起大家当初倔强的眼神，莫名其妙傻乎乎的豪言壮语。在今天来看，大家都在不一样的经历中学乖，工厂、学校、医院、部队、监狱。做生意的很多，赶上了改革开放的好时候，来了点钱，分别做二道贩子、服装、专卖店、挖矿、盖房子卖，直到开连锁。有些同学办公室的大皮老板椅后面的墙上，挂着"俱往矣，数风流人物，还看今朝"的大幅毛笔字，他们车前的挡风玻璃上，挂着毛主席或者雷锋的头像。大家都忘了，体态臃肿的我们，很多东西都丢在了围墙、营房、号子或者机关。我们现在和自己的孩子说话的时候，都开始学着道貌岸然了。

万达广场门口的臭豆腐摊子，响起了"你是我天边最美的云彩，切克闹，切克闹……"你以为这是新的张蔷吗？错了，另一些年轻人已经留起了比国外更鲜艳的头发，放低了电吉他的背带，每一个半大的尕子都自信地在一万人面前嘶吼，哪怕他只会三个和弦，这，重要吗？暂时忘掉螺丝钉吧，文身越来越漂亮，偶像爬上了他们的胳膊、脊背或者丫头们的乳房，不用再遮遮掩掩，放肆的荷尔蒙像潮水一样席卷音乐节和选秀场所，冲刷偶像的记忆。没人在乎，曾经有一个那么浪和嗲的女歌手，在几千万个螺丝钉的耳朵里唱歌。

# 冤家

the er 前奏散板.

6 6 5 3 | - - | i · - - | 6 6 5 5 0 5 | 3 i · - | - - | 6 6 5 3 2 3 | 2 3 |

6·3 6·3 | 63 66 i·3 | 6·3 6·3 | i·3 6 i·3 |

2·63 2·6 | 3 i 2 3 6·3 | 5 · 6 2·6 | 2 i 2 3 3·0 |

[A]

⑥   1 · 1 · | ③⑥ | ②m | 1 ⑥ |

⑥   1 ② ⑤ | 1 ⑥ ·- 0 |

[B]

⑥   1 ⑥ | 1 ⑥ | 3m ③x | ⑥ | ①⑥ | ⑥②m | ⑥ |

6 i 616 | i 23 23 i 6 | i 6 i 616 | 23 23 3 - |

i 23 23 6 | i 2 3 23 6 | 2 3 23 6 | - | 2 3 23 6 | 23 23 0 6 |

# 白色恋人

在银川第一个以弹吉他出名的，可能就是郝建宁了。20世纪80年代的银川街头，舞会开始盛行，聚集了街上所有的大爆炸头、机关职工和矜持的女人们。有一个舞会的门口，打出"本舞厅特请到我区著名吉他演奏家郝建宁""引进先进吉他设备"的条幅以招徕舞客。

一个人有名，如果他还教学生，那么他的学生也会成为传说。众所周知，王小建是郝建宁的得意学生。其实，那时拜师是很不容易的，每天买一瓶健力宝，放在老师的脚边，老师很享受啊；晚上舞会结束，在老师后面把琴提上，送回家；早上很早，九点就去，老师起来了，练琴，小建就在旁边看，那时老师弹的古典吉他，小建很享受。老师练完了才能开始学，当然是《爱的罗曼史》《小步舞曲》之类的，在老师身上学到了那么多东西。有一次银川举行了吉他比赛,我去看,王小建和他的另一个同学,作为压轴,表演了《西班牙斗牛士》,看看人家,太正规了,弹得和广播里一样。

其实王小建的第一个老师并不是郝建宁。小建是监狱的狱警,他站岗,有个犯人吉他弹得好,他就跟犯人学吉他,《兰花草》《踏着夕阳归去》《血疑》插曲之类的。犯人的翻卷了的手抄本,他们自己手抄的谱子、歌词,是他的享受,领导就批评他"敌我不分"。他弹得有模有样了,就把警察们组织了起来,组了乐队,吉他、贝斯、鼓,在监狱搞了一台演出,很成功,从此领导也就不说他了。

但是站了几年岗,还是觉得这不是自己想要的生活,不干了,去各种舞厅里演奏谋生,倒也遂了他的意。

当时有一个还算比较高档的舞厅,叫金卡拉,那天我混进去,看到舞台上几个小彩色台灯,固定在几个谱架上,空间不大,很温馨,有一个曲子《白色恋人》,郝建宁弹得很优雅,音色浪漫得像电视里一样,尤其是第二段和声,滑弦的声音,那么丰富动人。他身边是小建,在弹贝斯,中间郝建宁会起身,让小建弹一会儿吉他。那天晚上我喝了酒,自己要上去玩吉他,郝建宁就礼貌地把我介绍给大家,然后,我抱着他的吉他,很野蛮和搅局地唱了一首《从头再来》,舞客们不知所措,我离开的时候还扬扬得意……

两年后，几乎所有的古典吉他爱好者都变成了电吉他练习者，小建也一样，开始越来越多地弹流行歌。1994年左右，我看到在武警饭店舞会上，小建和他的伙伴们，在台上用轰鸣的失真效果器，喊一声"One! Two! Three! Four!"然后"动次大次动次大次"："长长的站台，噢，寂寞地等待，长长的列车，带走我短暂的爱……"那时的小建，半长的头发，风采灿然，瘦削，帅气，干净，话不多。

1995年左右，我和文征打算组乐队了，文征说，把小建叫上。他们来到我家的时候，我正在疯狂地练琴，电吉他。我在听一个美国乐队的现场，中间有个吉他手即兴来了一段，我痴迷得很，就给小建听，我说你听听这属于什么路子，这么牛呀没法说了。他听了一会儿，很严肃地说，这是用感觉在弹琴，感觉，不仅是技术。我似懂非懂地点点头，我们就开始组了第一个乐队，名字叫"透明乐队"。

细节不说了，当然是乱七八糟一锅粥大家图个快活，很短地排练了一个多月，乐队就散了，我和文征就接手乐队继续热闹起来，我借此在银川成名……

1996年，我去北京，想找人学吉他。到了北京的一星期后，小建也去了，我们就一起喝酒，继续谈音乐，好像生活就该这样。短暂的酒足饭饱后，小建慢慢地躺在我那小出租屋的床上，看着天花板说，北京真好，就这里了，我就待这里了。

可我不这么想，我觉得这个地方挺无聊的，半壁街旁边的河边，也没有传说中大家都在练琴的长头发，只有一对对老人在练太极拳，偶尔去看看毛铁柱弹吉他，他教了我很多东西，可我都记不住，我想要找个一起弹琴的人都找不到，混了一个月，就回银川了。

小建待下来了，大概一年后，我在电视上看到了他们搞的一个好像叫"九天"的乐队，那时在电视上看到乐队是挺稀奇的，家乡的乐手都在传着他成功的消息……

2000年，我雄心勃勃地来北京弹吉他，就联系小建，他在三元桥附近。那时，三元桥还是一个大农村，荒漠的公路和那么远的村子，村子里住着外地来的吉他青年们。小建骑着一辆大二八车子来了，戴着草帽，理个光头。我心说，这货，真自在。我们就在三元桥的小饭馆里，喝了一瓶半红星二锅头，我俩都有点多，豪言壮语之后，他骑着车子回去了，我不知道怎么在路边搭了个顺路车，深夜回到了西三旗。

然后，他继续在北京，我继续在银川。转眼七年，2007年，我在北京混了两年也没时间联系他。有一次我要去迷笛演出，在宣传册上看到了沙子乐队，沙子在北京很有名，他们有个吉他手，叫大川。我看到照片的时候，笑了，这不是王小建吗？摇滚就摇滚，用不着搞得这么凶猛吧？光头，留着胡子，一脸的冷酷，我都快笑背过气去了……大川？那个帅气的王小建呢？

北京钟鼓楼，那是最繁华的地方之一，有个酒吧叫疆进酒，就在钟鼓楼广场。开业的那一天，我们一起玩了一天，喝了很多酒，唱了很多歌。后来小建说，他也要开个酒吧，我说你要开了我们去你那里玩啊？那时我觉得唱歌是可以免费的，喝酒也是理所应当的。结果他真的和朋友合伙开了酒吧，但是我已经很忙了，第一张专辑发行，我终日出没在 Soho 现代城，糊口混日子，一直没有去。

有一天，在大望路的写字楼里，我经过一个金色指甲盖的姑娘的办公桌，她的电脑在播韩剧，一段配乐，钢琴弹的，我脱口而出："《白色恋人》？"她礼貌地笑一笑："嗯，《冬季恋歌》，哇，你不知道？男主角好帅的！"我没有接话茬儿，这个音乐和写字楼外面的环境很贴啊，正好那段时间我需要一个吉他手，我就想起来了小建。

我和我老婆一起去找他的，在中央戏剧学院女生宿舍对面的一个小院子，门头的木头牌匾上，写了重重的两个字：江湖。

他热情地让我坐，看到我老婆，他笑着张开怀抱，哎哟！梅梅！好久不见！那时我已经知道，拥抱礼在南锣鼓巷这一带是最常用的问候，我老婆有点不好意思，她刚从银川来。酒吧里也是中国人外国人各自喝酒，啤酒和洋酒的气味混杂，我说小建现在酒喝得厉害不？他说，二锅头就绝对不能再喝了，戒了。我一听戒了，很高兴，也拒绝了他递给我的啤酒，在他那里喝了一杯茶，我就拉上小建来乐队弹吉他了，噢，对了，大川，大川。

我以为他戒了白酒，没想到，我听错了，他只是不喝二锅头了，大川有多爱喝劲酒，排练时一个二两五，演出时一个二两五，演出时拎着酒瓶上去，在每个曲子的间隙喝一口，喝完了正好赶上《早操晚操》，中间他的 Solo 就用酒瓶子在琴弦上滑动，代替滑棒奏出圆滑狂放的滑音，台下每每就更疯狂了，我也就原谅了他，不再劝他少喝。

这样，他一路酒一路琴，我们在深圳演出完，要去香港演出，在深圳罗湖口岸，每人一张汽车票，去香港是需要过海关的，中间要停车下车，然后办出境，然后再拿着票上车去香港。就在车开到了海关我们下车再上车的时候，小建说他的车票找不见了，我们笑他说，完了，这下你已经出了海关了，但你还没有进香港的海关，你哪也去不了了，就黑在共和国伟大的土地之外了哈哈。一边说我就一边在他几个兜里掏，他的兜里晃里晃当空空如也，我只摸出一个酒瓶盖，当场我就笑蹲下了……

长期喝酒的人，手都抖，我就说小建，稍微少喝点。他说自己想结婚，年龄也到了。有两次我们喝酒的时候，他又说想结婚，我说那你就找个对象结呗。他就看着旁边的姑娘说，没人愿意和我结呀。

果然有一天，他交了一个女朋友，叫阿芳，刚从美国回来，是做设计的，是台湾阿美族，阿芳说话细声细语的。他们在南锣鼓巷附近一个胡同里，租了一个小院子的一套平房，麻雀虽小五脏俱全，客厅里有小建的电脑、小调音台、设备什么的，没事他给别人干干一些音乐制作的活儿，阿芳出去上班。

南锣鼓巷附近有很多京城的文艺青年，有时候我从那里过，偶尔都会有尕子或者丫头问"你什么时候有演出啊"。到处都是西藏、云南、桂林等地方的五颜六色的东西在卖，夜晚挤得比白天更热闹，人声鼎沸，从口水歌到民谣，在门挤门的店面里响起，如果你推开MAO酒吧的厚重大门，金属朋克民谣等等等等，年轻浑浊的热浪会冲晕你，门口海报每月更新很快，北京的外地的中国的各个国家的有名的没名的，这里是中国摇滚乐的阵地之一，相比星光现场那种更大的场地，这里每晚的汗水和年轻人身上的酒气更拥挤，人们五颜六色，挤着逛街，挤着喝下啤酒、二锅头或者咖啡，这里有世界全部的口音，除了时常有中国乐队唱着英文歌，也有老外唱中文歌。

阿芳不喜欢小建喝酒，好像那段时间他真的不怎么喝酒了。我们在一次吃饭的时候，我偶尔取笑小建醉酒的事情，阿芳就阻止我，我也就在她跟前说话注意些了，就只聊音乐。小建在说音乐的时候，阿芳温和平静地看着他，说，嗯，你好棒！

他俩不久后就结婚了，婚礼在银川举行，正好是春节，我们都在。于是，台湾口音和银川口音，娘家和婆家，欢聚一堂。我那天本来还有另一个朋友结婚，我想去小建那里打一头，喝了敬酒起个哄，就赶下一场，因为我们银川的惯例，是新郎新娘在婚礼当天是只敬酒不喝酒的，但是那天，小建敬完酒后就坐在我们桌子上了，居然开始打关（挨个儿猜拳行令）。当时的气氛一下子热闹了，我也欣然应战，那天不知道喝了多少酒，我醉得完全不知人事，朋友送我回的时候，说我从酒店一直吐到家门口。

小建结婚后的半年多，我面临新专辑的录音，忙得要命，当时租用了环球在世贸天阶的录音棚，费用极高，我们每天在那里。小建在孩子出生的前几天，忙得离开了乐队，我又找回了小龙弹吉他。

八月份孩子出生，但是两口子都没有固定收入，怎么办？小建就又去后海的酒吧弹琴唱歌，和很多朋友。这种玩法，小建已经很厌倦了，可是北京的生活压力大，天也灰蒙蒙的，这不是小建要的生活。想想过往的乐队，大家聚散多少回，北京，也早已不是那个各种小镇青年向往的理想之地了，大家曾经都怀着音乐梦想到了这里，现在呢？孩子百天后的一天，小建就和阿芳说，北京快入冬了，我们去大理。

大理，小建也只是在金庸的武侠小说里看到的，很向往。我们巡演有一次路过大理，有点时间，小建就和伢子一起去转了一圈，那次他们还碰到了两个骑自行车出来玩的哥们儿，他们带着小建他俩去苍山洱海玩两天，小建到丽江和我们见面的时候很高兴，他说，大理真好，我喜欢大理。

阿芳很支持，就这样，他们把家什打了十三个包托运走。阿芳提着手提电脑，小建拎着吉他，他俩拖着拖车，离开南锣鼓巷，抱着娃娃就到了大理。

小建觉得大理很武侠，人民路上的石板路上，那些建筑，还有各种怪人。这里的水，谁也不知道深浅，每个人都有故事，有的待两个月就走了，过两个月又回来了，谁也不知道他去了哪里，或许会有人说在哪里碰见了你久已忘掉的朋友，还有很多音乐人都住在那里。

我不知道云南是否真的是这么多追求慢生活的人的归宿，我觉得利益不会放过任何一寸土地的。小建说大理也逐渐开始嘈杂，但是终归比别的地方慢，现在还是比较满足的，大理的空气、水，都很好，地边的蔬菜很新鲜，一般都可以顺手摘一些来做着吃，东西也普遍便宜。他现在也不弄乐队了，自己在酒吧里唱唱歌，白天就教教吉他，阿芳在网络上工作。比北京好，他说。

我不知道有多少人背着吉他到北京，又在很多年后从北京离开去往丽江、大理、拉萨等这些充满田园诗意的地方，他们穿得花花绿绿，男的扎着道士髻，女的常常叼着烟，有时穿着时尚的粗布衣服，很优雅。仿佛远离了油腻的都市，给这里的油盐酱醋涂上了文艺的色彩。可是我想他们真正的清贫生活开始了，我也不知道谁是因为寻求平静的生活，回归自然，谁是因为在北上广的拥挤中出局。总之，这个河流中，有我好几个二十年的朋友。

电话里传来了娃娃安详的哭声，我说，娃哭了？你要不赶紧哄一下？他说，没事，老婆在呢。我自始至终也没好意思问小建，你还记得有个曲子吗？叫《白色恋人》。它从来没有被银川人记得，它属于韩剧。

# 这世界，
# 我来了……

离银川十八公里的地方，叫贺兰。

1979 年，明发是一个木匠，个子高高的，1950 年出生的人，宽脸盘，浓眉大眼，这在七八十年代是很标致的。有一次老张家里要打家具，请了明发。那时候木匠很受尊重，耳朵上夹着红蓝铅笔，主家会递烟倒茶，明发就看上了张家的大女儿惠敏。惠敏在贺兰的化工厂车间里上班。因为明发形象好，手也巧，口才也好，待人接物很积极，所以恋爱和婚事都很顺利。结婚那天，当妈的亲手买菜炒菜，全家忙了很久，眼望着日子就算过起来了。

然后就有了孩子，孩子叫小光，就在孩子出生几个月的时候，惠敏发现明发在外面有女人，就叫上家里的姐妹，连老妈也去，和那个女的干了一仗，吵得天翻地覆。明发就提出离婚，三番五次，惠敏本来就是三班倒，在车间里很忙，加上伤心，就白天晚上睡不着觉，从此落下了头疼的病。

闹了一年多，还是离婚了，惠敏领着小光，住在厂子门口，离贺兰路口半里地、化工厂职工院子的平房里。那时候还没有房改，惠敏是个从来不迟到早退的人，她在工作岗位的表现是全车间都伸大拇指的，想着靠自己的工资也就能凑合着让小光长大。不过惠敏也就是初中毕业，普通工人，没法自己辅导孩子的学习，工厂里都是三班倒，小夜班从晚上六点到晚上十二点，大夜班是晚上八点到早上八点，白班的时候不多，没法让孩子有规律地吃喝上学，就经常把小光放在老妈家。

小光真正的妈妈应该是姥姥。姥姥和姥爷在贺兰街路口摆了一个小摊，卖瓜子和冰棍，那时，几乎全家人的主要收入都指望着姥姥的瓜子和冰棍。姥姥每天推着她自己改装的杂货车，堆着很高的瓜子，小光就坐在瓜子上，姥姥就推着车，走过了这条街，走过区建筑公司、机运队、化工厂等等上班的人群，走过贺兰新建的菜市场，就这样在贺兰市场路口站了很多年。

小光从在车上玩，到慢慢地长大，姥姥忙的时候就让小光帮着算钱找钱，这样小光从小的数学就好，但是别的功课都一般，加上家里所有的人有个什么跑腿的都喊：小光，去买盒烟；小光，去打个醋；小光，去到楼下小煤房拿点煤饼子；小光……小光……反倒很少有人问学习。惠敏自己没什么主意，长期头疼，长期吃药。

　　小光考大学的时候分不够，但是学校来了几个大学生，向他们宣传西安一家大学的自考专业，承诺发毕业证。小光就回家和姥姥说，他想去西安上大学。姥姥一听，我们家终于有一个孩子可以去西安上大学了，说什么也要让孩子去！家里就有人提出质疑，说如果是自考，还不如就在家门口，想办法上个宁夏大学的自考吧。姥姥就哭了，她不知道什么是自考，说，我家小光要去西安上大学了，那是大城市，以后肯定会有出息的，你们不要管，我出钱！

　　就这样，家里人就择日来送行，做了好多好吃的，七嘴八舌地叮咛，去了要好好学啊之类的天下父母说烂了的真心话。小光和一大群宁夏的小尕子踏上了去兰州的火车，然后再坐火车到了西安。中间的学习情况大家并不知道，姥姥就派小光的姨夫去看过他两次。姨夫就要见他的班主任，小光说班主任不在，今天学校不上课，姨夫说那我去你教室看一看总行吧？小光只好领着姨夫去那个大学校区外面的一个培训班楼，指给他，"我们暂时在这里上课的。"姨夫就趴在门上，伸脖子看了看里面。说，你还是领我去见下班主任，我好回去和你姥姥、你妈交代。小光说，我们班主任不在这里，我也找不到他。姨夫就只好回去了。

其实那段时间小光已经在和琪琪找对象了，小光长得像他爸，个子虽然不很高，但是五官身材都很帅，自然招女娃娃。他和琪琪悄悄出去租房住，本来小光花钱就大手大脚，什么都要买最好的最贵的，两个人就更是经常借钱了，向家里要钱也逐渐要得多起来，两个年轻人就这样漫天忽地地混日子。

惠敏和小光的姥姥在银川都觉得小光毕业了就会工作挣钱了，也觉得有个盼头，自己的工资每个月给小光寄出去，剩下的要生活，虽说难免拮据。可谁家不是一样的呢？

北塔是银川香火最旺的寺庙，那几年银川提出了"大银川"口号，修路的、盖房的、倒煤炭的、弄石油的、工程队的、房地产的、卖衣服的，各种老板们，尤其是南方生意人，都来北塔烧香拜佛，香火就更加旺了。传说和尚们很有钱，我见过好几次，有和尚骑着摩托车，穿着袈裟，出去给人开光。他们也很忙。庙门口就有很多云游的和长期的卦摊子，无非是光头或者长发，在地上铺一块印着太极八卦的布，风尘仆仆故作神秘。惠敏有一次跟着很多人去逛，也算了一卦，认识了一个老汉，叫老高。老高七十上下了，长胡子半长白发，每天他的卦摊子生意是最好的，他答应惠敏教她算卦，从此惠敏就加入了算卦行列。家里的姐妹们并不在意，还有时让惠敏给看看："惠敏你看看我家那个最近在外面有没有女人？""惠敏你看我这两天手气咋样能赢钱不？""惠敏你看看我儿子能考多少分？""惠敏……"惠敏说，你们出去千万别说我算卦这个事情，也更是瞒着小光。事实上那段时间惠敏的兜里真的宽裕了很多。但是她大哥很不愿意，没有明说，见面总会损她两句，惠敏就装没听见。到底，小光每个月的花销和家里生活，都从哪来？就凭工厂的工资吗？但她又不知道怎样反驳大哥。惠敏正想着，攒些钱给小光留着的。有一天，老高的一个朋友在惠敏那里闲逛，这个人干部模样，口若悬河，说起有个工程，想集些资去干，大概三个月就周转了，到时候给大家多一些利息。惠敏想着反正有一万多不急用，还能挣几个利息，就急急忙忙借给了对方。结果，对方三个月后就找不到人了。偶尔露面，抓住他，他满脸义正词严地说：我像是不还钱的人吗？我是堂堂正正的国家干部，我也见过钱，我用人格担保，哼！下星期我就还给你，免得你在这里说难听话，侮辱我的人格！然后下星期又不见了人，直到半年后才知道这个人欠了很多人的钱，跑了。惠敏一着急，从那以后头疼病就更厉害了。小光姥姥也找了很多趟，哪有下落。

小光混到了该毕业的时候，好几门课都没有过，但是又没法给家里交代，就左右撒着谎拖延些时日。有个同学，南方人，家里有一个洁具厂，说可以先拿些货在北京卖，然后给钱，就是租房和首期的杂费需要些本钱呢。小光就回家商量，要去北京做生意啦！家里都纷纷支持，姥姥说，我小光以后挣了大钱还你们。

小光就在北京中关村附近很偏的一条街后面租了个一居室，一间当库房，一间和琪琪两个人睡。这下，不能再指望家里救济了，两个人要吃饭，就要做生意，这几年懒毛病就要改了，风吹日晒都要出去送货。

过了些时候，姥姥和妈妈不放心，也来北京陪了他一段时间。2006年，正是北京的三伏桑拿天，姥姥说这么大年纪没见过这么闷热的天。姥姥和惠敏还是每天给他和琪琪做饭吃，看看稳定了，姥姥就回去了，留下惠敏照顾小光。

一来二去，小光认识的人就多了。这年手机的生意是最好的，诺基亚成为手机之王。小光有个哥们儿在中关村地下附近卖手机，拉他入伙，正好小光的洁具生意很惨淡，就凑了点钱，在中关村手机大市场里租了个刚刚能转个身的小柜台，每天卖手机，人长得帅，自然姑娘也就多了，生意很好。有一天，一个很秀气的广西姑娘来买手机，她叫顾丽。顾丽家里很有钱，爸爸是在京津等地都有房地产的大老板，两个人认识不久就"找上了"。琪琪发现后很不高兴，闹了几次，最后三个人在出租屋打了一架，惠敏半夜惊醒起来拉架，又体弱又吓得不轻，头就更疼了。从此，小光就和顾丽淡了。小光最初是觉得她会给自己的事业带来些帮助，但是最终，小光还是选择了琪琪。他自己没怎么好好念过书，但是喜欢有文化的女孩子，他觉得琪琪是博士，又会过日子。我是这样猜测的，因为有一次我们一起吃饭，小光陪朋友的小孩玩，教娃娃一种一下子就系好鞋带的法子，就是两手捏住鞋带，一绕一拉，就系住了，我说，这么厉害！谁教你的？他说，琪琪教的，她会很多这样的办法，比如，怎么最快叠被子，怎么最快叠衣服，都是就一下。

但是家里人都不喜欢琪琪，因为她对所有人都不冷不热的，不怎么搭理。家里人吃饭，琪琪经常是不怎么说话，吃完就离开，也不打招呼，渐渐地家里都开始说琪琪坏话。后来小光认识的女孩子更多了，最终，也和琪琪分手了。

小光在中关村地下的小柜台干得有了几个积蓄，就想着开拓一下市场，正规起来，就在国贸这片繁华地带，租了一个套间，Soho 嘛，可以营业，也可以有一小间睡觉。

这里是北京的 CBD！地铁边发小广告的小兄弟每天喊着"CBD 楼盘啊，CBD 楼盘啊！"女娃娃们走路也分外妖娆，她们胳膊斜向外，半握拳头耷拉着手腕来挎着真假 LV，像韩剧里一样。中南海的烟味在地铁外，服装店里撕心裂肺地"这世界，我来了……"也显得一切都轻而易举，意气风发的小光，想着干一番事业！

小光的第三个女朋友叫菲思，菲思挺漂亮，但好像不打算和小光结婚，这样的关系如果给姥姥她们是解释不清楚的。菲思自己经营了一个广告公司，对小光的生意也提供了很多资源，这样，小光的手机店还算是有起色。那段时间小光也就每天在店里，逐渐稳定了，装修了下店铺，招了几个人来跑业务，一切正规了起来，每天出入在建外Soho，遥望北京"大裤衩"，和那些红男绿女一样忙碌着。

就在"爱疯四"卖得最疯狂的时候，乔布斯，死了，"爱疯四"涨价。正好小光手里有一批货，出手后，又赶紧维持货源再卖出。短短半年，小光终于挣到了第一个一百万。那天，他把钱取出来，拿回北京的出租屋，把所有的钱一张张平铺在床上，躺在上面，照了张相，发到网上，我有钱了！那一年过年回家，小光给了姥姥一万块钱，给了惠敏一万块钱。姥姥坐在饭桌上，又开始撇嘴，又开始抹眼泪，这次是高兴的。大家都说小光孝顺。见过大钱的人，玩法也不一样了，有朋友炒股发了财，小光就拿出了一大笔钱，买了股票，然后在北京租了个更大的房子住着，买了辆车，也买了很大的电视机。那段时间，电视机里是选秀最好的时候，小光每天看他们唱歌，也看他们表演感人故事和哭鼻子，日子不错。"你是我天边最美的云彩""这世界，我来了……"但是"爱疯四"逐渐普及了，乔布斯也不能死两次。而且"爱疯"的每次升级都趋于平淡，小光的生意也越来越一般，开销却很大。半年后，只有缩减人员，留了两个人在店里，每天拿着手机看股票，但是，一直被套着……

惠敏在大前年开始，动不动就对着空中说些莫名其妙的话，还使劲儿眨眼睛。家里人发现的时候，带她去医院看了，是神经衰弱到了很严重的地步。家里人赶紧告诉小光，小光就在北京托人看，买药寄到家里，让盯着吃。惠敏吃了药以后，就使劲儿睡觉了，看起来气色好了，也胖一些了，但是行动会逐渐迟缓。她现在给小光打电话的次数越来越少。

又要过年了，现在家里讨论最多的话题就是小光什么时候结婚，偏偏他自己反而不急了，建外 Soho 里，有多少人比我年龄大，还忙，身体还不好，他们都没结婚呢，我急啥呀？大家就又劝，那就回贺兰吧，北京的生意不好，再说你年龄也大了，回贺兰做个别的买卖，在银川找个合适的对象也好啊。小光说这个店现在转手有困难。其实小光也不怎么想回贺兰。有一天我见到他，他握着方向盘，说最近认识了一个特别有背景的朋友，可能有机会干一回大生意。

EARTH AND SONGS

SU YANG

# 辑四

# 黄河今流

那些触动你灵魂的歌曲，历经了百年的口口相传，像草野之民，硬过石头，发芽生长。

# 音乐的生长——
## 苏阳、林生祥
## 两岸民谣音乐对谈录

资料提供 / 版权：大大树音乐图像

来源：2013 流浪之歌音乐节"对话"系列

节目现场：台湾政治大学艺文中心

主持人：台湾作家、广播人马世芳

主持人："流浪之歌音乐节"，如果要说出它与其他音乐节的不同之处，或许要从它从来不是将演出完完整整地办出说起，观众除了可以在"流浪之歌音乐节"的舞台上看到来自世界各地民族音乐家的交流和演出之外，它还会办很多周边的、免费的活动，以一种对谈的形式，让音乐人跟观众可以更近距离地交流。

在连续举办了十年音乐节之际，今年的音乐节主题是"创作歌手"。如果要用一句话来形容林生祥，我只能说他是台湾最屌的创作歌手。苏阳虽然出生在南方，但在他很小的时候就随家搬到了宁夏的银川，在这之后西北的文化变成了他的养分。我觉得苏阳跟生祥来自不同的水土，来自不同的背景，有着完全不同的生活经验，但他们各自用自己的方式试图在他们的创作道路上一方面要走出新意，一方面在向孕育他们的土壤寻根。寻根不是一件简单的事情，今天我们会让两位音乐人在台上唱几首歌给大家听，然后我们也有机会听听他们的生命故事。


## 美浓遇上宁夏

林生祥：谢谢大家，我第一首歌叫《大地书房》，第二首歌叫《秀贞介菜园》。

**主 持 人：** 接下来我们要用热烈的掌声让远道而来的客人感受一下我们的热情，我们欢迎苏阳。

**苏 阳：** 因为是北方的方言，我要说一下这首歌，这首歌是我们宁夏的花儿，后来我改了它，它的名字叫《凤凰》，下面是一首《我的家住在同心路边上》。

**主 持 人：** 生祥，第一次看到他的现场，感觉如何？

**林生祥：** 其实每次听到好的音乐的时候就很开心，有的时候我自己在家里听音乐，听到好的，我自己都会笑，真的很开心。

**主 持 人：** 苏阳刚才唱的第二首歌《我的家住在同心路边上》，同心路是你老家一条街的名字吗？

**苏 阳：** 是的，我出生在浙江，七岁多的时候去了西北，因为我爸妈在银川工作。

**主 持 人：** 讲到宁夏，我们好像只知道梁静茹的《宁夏》，多数人可能只在地图上看过地名。

**林生祥：** 是不是有河套？

**苏 阳：** 河套是内蒙古的，离宁夏不远，但不是宁夏的区域，两个城市之间的距离，有一种说法是蒙古人骑着马可以够他醉三次，因为他每次买十瓶酒边走边喝。

**主 持 人：** 从七岁开始，苏阳在银川这个城市长大，从浙江到宁夏当然是完全不一样的风景，在那之后那里的环境就变成了你成长的背景。我们从这两首歌就可以听得出来，不管是台湾的民谣创作，还是大陆的民谣创作，风格是不太一样的。你当初是怎么样开始的，包括练吉他？

**苏 阳：** 我一开始对吉他没有概念，我那时候在西安上学，有一次去找我宿舍对面的一个同学，他们宿舍有一个人弹吉他弹得非常好，他第一次让我觉得吉他有这么好听。大陆在 80 年代的时候就有人在弹刘文正的歌了，不过他们总弹一半，因为其余的都不会，只有这个人能弹完，更厉害的是他还弹了一曲《西班牙斗牛士》，我觉得太厉害了。

**主 持 人：** 就让你有兴趣学乐器了？

**苏 阳：** 我没想学乐器，就想把那一首曲子学会就够了，那时候我十六岁。

**主 持 人：** 生祥，你在十五六岁的时候弹吉他了吗？

**林 生 祥：** 十五六岁，还没呢，我是在 1988 年开始弹吉他的，不过那个历程有点像，我们有一个从美浓去台南读书的朋友，人长得帅气，又会弹吉他，很多女生仰慕他，心里觉得很羡慕，所以我开始励志学琴。

# 在 音 乐 中 反 思 故 乡

**主持人：** 很多人学吉他后来都放弃了，可是二位一直在往下走而且越走越深，越走越曲折，这中间发生了很多有趣的事情，美浓之于生祥、银川之于苏阳都有非常重大的意义，而且这两个地方都孕育了你们的音乐，但最开始的时候绝对不是灵光一闪说要以故乡为主题，对不对？这个过程是怎样的？

**苏阳：** 对，我们其实要从学吉他的时候开始，我们都不像你，你其实不用学会吉他。

**林生祥：** 马世芳的吉他弹得非常好，我不骗你，我有看过。

**苏阳：** 我是后来就不怎么想上学了，就跟着到乡间的剧场里面"走穴"，我不知道台湾叫什么。我们大陆有一个导演，是我很喜欢的一个导演，叫贾樟柯，他拍过一个片子叫《站台》，我度过了那样的生活，一站一站走，我所有的吉他都没有经过专业的训练，一帮青年在一起折腾了两三年，耗费自己的青春。

**主持人：** 都在哪些地方唱？

**苏阳：** 河南、陕西，几乎走遍了河南和陕西的每一个县城。

**主持人：** 你说的剧场是什么地方？

**苏阳：** 我不知道台北现在还有没有那种，简单来说就是我们看电影的地方，平时不放电影的时候就可以作为演出场地。

**主持人：** 所以就是一帮流浪艺人的感觉？

**苏阳：** 对，实际上是"走江湖"，我大概在90年代初的时候回到银川，当时已经开始喜欢摇滚乐了，那时候我回到家乡也想要组一个乐队。我还记得在火车上听到了罗大佑演唱会实况的录音带，《青春舞曲》，前面还加了一段鼓的Solo和打击乐的Solo，好像是一个剧场版，非常棒！

**主持人：** 在台北中华体育馆，1984年12月31日。

**林生祥：** 这张我有黑胶。

**主持人：** 我也有。很有趣，因为罗大佑的专辑，《青春舞曲》在台湾卖得很差，但是传到大陆影响力很大，好多人都在听这张专辑之后开始组团。

**苏阳：** 我正好是在那段时间回到了同心路，但是那个时候我并没有开始写《同心路》这首歌，那个时候其实是在模仿欧美的摇滚乐，大概是在2003年开始听一些非洲音乐，受过一些影响，开始注意到西北的民间音乐，开始去找一些民间艺人学习、采风。这个时候我才回过头来去看我生长的地方，所以把同心路写到了歌里。

**主持人：** 这个历程，苏阳淡淡说来，十几年的风风雨雨，从流浪音乐人走江湖到开始组摇滚乐队，从模仿欧美摇滚乐到慢慢自己摸索出一条道路。因为离乡背井的关系，回到家乡才发现原来故乡是这个样子的，一直身在故乡可能没有这么强烈的感觉。到现在为止，苏阳出了两张个人专辑，2006 年的《贤良》，2010 年的《像草一样》，这两张专辑在中国音乐圈都是评价非常高的。苏阳的经历是这样，我觉得可以跟生祥的经历做对照，因为生祥也是后来离开美浓北上读书，也是玩西洋摇滚乐团，后来成立了"观子音乐坑"，一路下来也经历了很多曲折，刚刚听完苏阳的历程，你有没有什么感想？

**林生祥：**我上大学是在 1991–1995 年，其实那个年代各个大专院校在玩团的都是 Cover Song（翻唱歌曲），不是在创作，而且他们翻唱的歌有七到八成以上是重金属的曲目。我 1992 年的时候写下了第一首歌曲，是我大一的下学期，我大二的时候去参加比赛，"大学城""青春之星""雅马哈摇滚乐大赛"，那个年代最重要的大概就是这三个，觉得每次都练一样的会疲乏，就想要挑战更大的。我们知道"河岸留言"这样一个 Live House（现场演出地），然后到"河岸西门"，老板叫林正如，他们同期在淡江有几个很重要的音乐人，一个是林正如，一个是雷光夏，另外一个是吉他手黄忠岳，后来之所以有"河岸留言"Live House，是因为他们在大学时代创办了"河岸留言创作发表会"，记录他们的青春。知道学长学姐做过这样的事情，就想我们自己有没有可能也办一个创作发表会，所以就在 1994 年、1995 年、

1996 年办了三届，我记得 1994 年的创作发表会售票，一张门票卖七十块。

**主持人：** 七十块在那个时代不便宜哦。

**林生祥：** 在淡江的活动中心，还卖了七百张票，这些都是靠我吉他社的学弟学妹们，他们每天都在摆摊宣传。那个时候因为美浓发生"美浓反水库运动"嘛，我就写歌声援他们。那时候比较积极地想要去了解什么是客家发音，当然我早期写的《美浓山下》那首歌也有用到客家山歌的音阶，我是从这里开始的。

## 在非洲音乐中寻找各自的出口

**主持人：** "美浓反水库运动"让生祥有了很强烈的想法，因为他想要回到老家去做一些事情，我记得你在不同的地方有提到，回到老家在不同的场合玩西洋摇滚的音乐，乡亲没有什么反应？

**林生祥：** 是被哄下台了，有一次参加我们庄里面为三山国王庆生的活动，我们演出的时候，那时候雅马哈出了一款新车叫"兜风50"，还会冒白烟，（一台"兜风50"）开到我们这边来对着我破口大骂，一直骂，等我终于唱完了的时候才知道他在骂什么，他最后骂的那几句话对我很重要，他说："你们这个乐团没有锣鼓，没有唢呐，怎么可以帮我们的国王爷庆生？"这是我后来为什么想要学习一门传统乐器的很大的动力。

**主持人：** 生祥有这样的转折，苏阳当初是怎么往这个方向一直钻探下去的？而且这样的情况在大陆不只是发生在你一个人身上，好几位我非常尊敬的音乐人都在20世纪末21世纪初的时候，而且是不约而同地往"西"走，去寻根或者去采风，是什么样的事情触发你去做这些事情的，竟然还影响到你后来写的歌？

**苏阳：** 我并没有受过像生祥那样令他内省的转折，生祥他的自觉性比较强，其实我不是被轰下台，我是经常被轰下台，所以我不太在乎这个。我主要是玩了一段时间之后自己厌倦了，因为来来回回就是那些套路，吉他的那种反复乐句，怎么进鼓的那种风格，后来我自己编的歌、写的歌也都是那个样子了。

大概在2002年的时候，我在一个朋友那儿，他给我介绍了一个世界上非常有名的、专门做田野采风的厂牌，他们做了一个早期的非洲音乐的采风小样。因为我自己不懂英文，所以别人给我听的很多CD我到现在都不知道名字。我当时就觉得非常像我小时候听过的宁夏的民谣，我觉得这二者之间有某种共性，他们那种歌唱的状态，甚至我觉得在音阶上都有非常类似的地方，比如说我到现在都认为西北的音阶跟布鲁斯是非常接近的，包括节奏，从非洲音乐到Funk（放克音乐）之间的发展，还有西北音乐基本上都是很齐整的那种方式，那种节奏，这些都跟非洲音乐到摇滚乐之间的这段是有联系的。

主持人：其实这么多年的探索，到后来才发现很多自然而然都到一块儿了，从早期到后期的，从非洲的到民间的，最后发现都是可以在一起的。苏阳也有说非洲音乐对你影响很大，这个很有趣，因为非洲音乐对生祥的影响也很大，刚才二位弹奏的那两首歌里我都听到了非洲的影子跟线条，刚才生祥唱《大地书房》的吉他苏阳有辨认出来勾弦的方式，然后苏阳的弹奏里面也听到了一些非洲蓝调的影子，为什么非洲（音乐）的魅力这么大，这该从何说起呢？我记得你说最重要的是节奏，节奏怎么启发了你对音乐的感知？

苏阳：其实没有具体的影子，听到一个类似的东西，而且地理距离那么远，这就不得不催着你想这是怎么回事，比如说我没去过非洲，听到那么远那么古老的音乐，居然和我小时候听到的音乐有类似的地方！我就想更深入地了解它，其实在这个过程当中就有计划了，决定要改变自己音乐的方向，在找它们的途中我才知道西北的音乐有很多风格，比如说我以前听到的那种风格叫"坐唱"，还有一种形式叫"信天游"，还有一种形式叫"花儿"，慢慢了解之后才会逐步喜欢上它们，它们的表达是独立的。

主持人：你的采风到底进行了多大规模、多长时间，收获到底有多少？

**苏 阳**：到后来我觉得自己会唱，能和他们唱得一样那是不可能的，因为我的方言不标准，我的普通话也不标准。比如说我到陕西，陕西是我们西北最大的一个省，我说的陕西话就不正宗，因为我从小就是在同心路长大的，同心路有来自全国各地支援西北的人，口音也是五湖四海的。在这样的情况下我只能去了解他们的生活，因为音乐最基本的基石是对生活的感受，所以就开始找寻其间的脉络，从那个时候我就开始考虑写银川的生活。

**主持人**：学习来自民间的民谣跟消化之后变成自己的东西，那个过程也不简单，就像你说的那样，要跟民间艺人唱得一模一样那是不可能的，因为我们的生活已经跟他们完全不同了，但是我们要怎么样去把这些东西转化后变成自己的一部分？所以苏阳跟乐队一起，用摇滚的形式去演绎，用木吉他的编排尝试去做一些改编，把这些语言化到自己的创作中去，这中间我想也有很多的思考跟消化的过程。

这个过程在生祥的作品里也同样面临着，我觉得是一个重新发现的过程，而且也经历了不止一次的文化震撼，苏阳传递的是西北民谣，生祥传达的民谣对你是一个很大的震撼，而且不止如此，你是怎样在这个过程中寻根，寻找到自己的声音，然后消化变成自己的一部分的？

林生祥：在大学的时候因为大家都在翻唱，我们那时候也有一次模仿，我还当主唱，可是那时候就觉得学得不像，就觉得从我嘴里唱出来很怪，可是怪在哪里不知道，然后我就开始思考自己适合唱什么。我觉得那个声音不是来自农村的声音，那也应该有适合我这种出身背景的人唱出来的声音，所以这也是我后来没有随波逐流，自己做创作发表会的原因。

刚刚有讲到被轰下台，我就发现自己的音乐回不了自己的家乡，然后就想要找到一种能跟我父母这一辈人产生共鸣的音乐，可以跟他们建立一个桥梁，刚好有一个机会跟永丰去挑乐器的时候看到月琴，永丰就鼓励我买，其实我不会弹，我问了价格是 1800 元，我想就算不会弹买回去当家具摆着也很好看，于是就买下了。

后来永丰给了我一张陈达的黑胶《阿远与阿发父子的悲惨故事》，我那时候就已经有了 DAT（数字录音带），我就把它转录到 DAT 上面，反复地听，想要弄清楚他是怎么 play（演奏）的，因为听得很过瘾，就想要把音一个一个抓出来，陈达这么即兴，这么个人的演出，月琴的每一个音都落在正节拍上，我到现在都无法接受，我觉得那个音乐真的是非常个人的表达方式。

## 由节奏引发的思考

**主持人：** 回头去听传统的或者回头去听民间的音乐，不管是我们所谓的国乐、民乐，也有雅乐的路线，这些音乐整个思考的模式跟我们听的欧美流行音乐感觉就是不一样，呼吸跟节奏的方式也不一样，你一定在创作、录音、演出的时候也要面对这些事情。

**苏阳：** 刚才生祥说的事情跟我做的事情是各有特点，比方说我后来发现我用的节奏很整齐，这个用得最多的就是摇滚乐，生祥是反过来的，要从这儿破掉回到自然呼吸，他刚才弹奏月琴的时候就是在追求他自己的呼吸，他要建立他自己的节奏，我也一直想这么做，但是我一直没有做到，我的大部分歌还是比较整齐的那种。生祥的那个方向是对的，我也想到了，一直尝试在做，下一张专辑我也尽量去录一个人的，乐队的形式尽量减少，因为到现在为止我还是受摇滚乐的影响更多一点。

**林生祥：** 我觉得我的音乐是不同的乐种混合出新的品种出来，我的感觉是这样，我一直以来都觉得我的节奏非常不好，当时我听到非洲的音乐，我就一直搞不懂到底他们是怎么计算节奏的，其实非洲音乐节奏的计算还不算复杂，中东那边的更复杂，他们的音乐变得好像数学一样，关键是我连非洲的节奏计算都搞不懂，这也导致后来我去日本跟平安隆学冲绳三线、跟大竹研学吉他的一个主要动力，就是知道自己的节奏不好，但一直没有办法解决，所以就去拜师学艺。

**主 持 人**： 其实从生祥重新去拜师学艺，不管是找平安隆也好，还是跟大竹研学吉他，那都是"后交工乐队"时代的事情，也就是说我们听"交工乐队"的时候就已经算是台湾摇滚乐历史上的某个高峰了。

**苏 阳**： 很熟悉，我听到的第一张也是"交工乐队"的。

**主 持 人**： 生祥在离开"交工乐队"之后还是会觉得不足，觉得还是有一些东西没有到位，所以就归零重来。归零不是重新去学原来知道的东西，而是学原本知道但不知其所以然的东西，我听生祥讲学吉他的经历很有趣，你到底在跟平安隆、大竹研学什么？

**林 生 祥**： 我觉得平安隆是天才型的，因为其实一个星期我见不了他几次，比如说他要给我讲音阶，他都会一边弹一边讲："生祥，like this（像这样），like this，哟哟……"类似这样子，我跟他上课也大概就是这样，跟他的学生一起 play，没有特别讲解什么。可是（大竹）研他会教你怎么 play，比如说我要 play 满的三连音，我们就会上下型或者说上上下型，他就会教这种，很日本工业式的那种，是逐步分解的。所以我刚好是去学到两个，一个是天才型的，另一个是从零到一再到十，他觉得每一个你都要会，你才能达到十。所以我觉得对我来说是一个非常棒的训练。

**主 持 人**： 大概也就是在这个阶段，生祥音乐的编制越来越简单，乐器越来越少，到后来就只剩下你和大竹研两把木吉他了，我记得生祥在演讲的时候也会示范他的吉他，他会强调整个思考是要从节奏出发的，那时候常在讲偶数跟单数。看他的现场才会发现原来歌的结构是从律动出发的，这个非常有趣，因为我们习惯听流行歌曲是先听到旋律，歌词好听就记住了这首歌，很少去思考节奏的问题，这样思考下去才发现汉人的节奏感真的蛮差的，苏阳有没有类似的体会？

**林生祥：**这是真的，我也有这样的体会。

**苏阳：**其实刚才生祥激发了我，让我想起来一件事情。我一开始跟生祥的想法是一样的，我在听，我长时间在发现那个节奏怎么用进来，后来在了解民间音乐的过程中我的重心转移了，我发现我们中国人的音乐不是按照你规划的节奏系统，实际上是派生于语言的。我有一首歌叫《贺兰山下》，这个可能能说明这个问题，有两句词是"贺兰山下一马平川，花落花又开，风儿吹过吹黄了树叶，吹老了好少年"，如果用普通话念出来就不是西北的那种韵味儿，用宁夏本地方言念出来，实际上派生出来的是秦腔，因为我的妻子是唱秦腔的，她告诉我她的老师教她的时候是让她把陕西话念准了，念成字正腔圆的陕西话之后自然就知道秦腔该怎么唱了，所以派生出来的旋律又变成了另外一个样子。最近几年我在想，可能我们长时间地丢了一个最关键的问题，就是自古以来我们祖先的音乐是从语言中提炼的，就比如刚刚生祥说玩外国人的音乐就永远觉得不是那么回事，其实不是我们的嗓子不够沙哑，也不是我们不够玩儿命，是因为我们的语言和我们的音乐形式是脱节的，所以后来我花了好几年的时间将我的每首歌都想办法从我掌握的母语里，让它从母语里产生音阶，而不是去拿歌词套音阶，所以我最大的转变是在这儿。

**主持人：** 这个转变太厉害了，抓到了核心的问题。

**林生祥：** 我的状况一直也是这样子呢，我用我的母语写歌基本就是苏阳说的那个样子。可是我写国语歌的时候就会反过来，就像苏阳讲的是在用普通话去套音阶，普通话对我来讲真的是外来语，普通话才有办法将每一段的旋律固定。但是其实还是会有啦，比如说我写了第一段歌词之后，要写第二段歌词的时候，我会考虑这样唱起来会不会不太和，要用其他的字去代替。但是如果是用客家语的话，我基本就是用念唱的方式唱出来。

**苏阳：** 那是最自然的。

**林生祥：** 为什么唱自己的母语会这么自然，没有隔一层皮的感觉是很重要的一个原因。

**苏阳：** 所以你"交工乐队"时期，会有沿用非洲音乐的节奏模式，到后来你可能也注意到了这个问题。我听你刚才的第一首歌其实就是从母语里找到了它的律动，然后把它发展出来的，可能你自己不是这么分析的。

**林生祥**：《大地书房》我的看法是把它写成民谣类，其实是在写位置，写在你节奏的哪一个位置。

**苏阳**：对，他的体系可能已经形成得更完整了，他在把节奏都已经用上的基础上，还在用母语的那个韵律。

**林生祥**：我一直觉得我们的节奏感太不好了，所以一直想要一个良好的节奏来帮助我们的音乐能够发展出比较强壮的"杂交种"来，这是我的基本想法。非洲的节奏也就是简单、强壮，可是我觉得特别适合我们取用，跟我们的强壮的 melody（旋律）文化杂交。

**主持人**：今天的演讲会特别厉害，而且我们刚刚触及一个问题，大家觉得汉民族音乐的律动感比较缺乏，那么反过来思考，苏阳提醒我们从语言的本质出发，从语言寻找动机，而且母语跟我们的关系是最贴近的，从母语出发的旋律去引导整个歌曲的动机，节奏自然水到渠成。这个我之前在跟陈明章讨教的时候，他也讲了几乎一样的概念，他说他弹琴唱歌绝对不能打节拍器，他是跟着呼吸走，他是动机随时发生，有时候拉长有时候放慢，所以跟他一起玩乐团很累，所有的乐手要盯着他什么时候要下。

**苏阳**：我不知道生祥碰到过这样的问题没有，我就有这样的情况，我们乐队排练，我有好多合作的乐手，很多乐手老师就经常抱怨我说："你昨天排练弹的跟今天都不一样……"实际上是我昨天的情绪和今天的不太一样。我有我的错，但也有我的道理。很多对民间音乐感兴趣的朋友，包括我们共同的朋友宁二，他最早弄了一个"土地与歌论坛"，我们经常在上面探讨民间音乐，大陆所有的民间音乐爱好者都提出了一个问题——没法用节拍器和校音表，因为我们用的音准实际上是相对音准，不是绝对音准。

**主持人：** 讲到音准的事情，生祥弹月琴就吃足了苦头对不对？当年在"交工乐队"为了弹月琴你就要改装月琴。

**林生祥：** 也是因为这个过程后来才定做一把琴，我对音准的想法相对比较单纯，我知道传统音乐人都会谈到十二平均律的概念，会有四分之一或者几分之几，不是在准确的音准上的音，这些我都不否认。可是我在拿到我那把月琴的时候，我面对的乐手，比如说贝斯或者吉他，如果音准不够，做出的声响就是不好听，所以我那时候就觉得应该让它准确。我为什么还是强调准确的重要性，因为我们乐器制作的工艺水准我觉得有很多的不稳定性，比如说月琴的琴格是锯齿状的，压重压轻，它的pitch（音准）其实会跑，如果是这样的话，我会觉得应该要做到标准，所以我还是会觉得要让它每个琴格都准确。

对我来说，我的琴会造成这个样子，月琴的下弦轸原本其实不是这个设计，是一个半月形的，可是对于现在的科技来讲，我觉得很不合适，像现在的吉他就有很好的拾音器，就是麦克风，是要下压，在下弦轸下面感受拾音条，就目前来讲，我看过那么多，这种是最稳定的。所以我才会将下弦轸改成下压式的，所以我的琴做好到校正，几乎没有让我在舞台上出过什么错误。

苏阳：我曾经有和他一模一样的想法，我是想重装中阮，我其实是出于另一种考虑，我想用中阮的音色，但是我又懒得去学它，我会弹吉他，我就想在指板上去控制，我想把那个"脖子"换成吉他的，又用到中阮的"肚子"，但是他先做到了。

林生祥：其实只要有一个造琴师，他愿意帮忙就能造得出来。

## 自由提问

提问1：刚刚两位老师都有提到说东方的传统乐器有音准不准的问题，我看很多厉害的老师他们音准不准，但还是可以做出很多有趣的音效，那为什么不去利用它，而是非要将它与西方的音乐结构并在一起？我觉得这是尤为可惜的。

林生祥：我猜你听到的那把琴还是准的，我说的音准不准的是你去买乐器，听不到一个音是准的。其实还有一件事情，比如说我们听陈达的录音，他到底是用什么材质，他的琴格摆在哪里，为什么他的音是准的？陈达的录音是音准很好的，可是我现在买到的一般的月琴的音是不准的。

**主持人：** 苏阳对这个问题的想法是怎样的？

**苏阳：** 这个问题要说起来就复杂了，因为我们说了，很长时间我们一直在争论一个问题，就是为什么民间大师不用调音，随便拿起什么就能唱，其实这是一种神化，我在前年之前也是一直持这种论调的，我认为对他们不应该有所要求。后来我发现他们之中所有的民间艺术家只要是在慢慢成熟之后，他潜在的音准都是相对音准的，有的人没受过专业训练，但是他一开口，他的相对音准是准的。我到现在才慢慢理解十二平均律在人类历史上对音乐的贡献有多大，尤其是对于我们这种探索民间音乐与现代音乐结合的人。我以前不承认它，我觉得音准太准之后反而损失掉了一些东西，但是后来发现它是分析了人类听觉的舒适度之后归结出来的，而不是先规定一个东西让大家用听觉去追随它。包括我去采风的时候，比如说花儿，我录回来的也有跑调的，其中是有精彩的部分，但不是完美的。

**林生祥：** 我可以补充一下我跟（大竹）研去衡春的时候，跟那里的民谣音乐人一起 play 的时候，那时候研就一直调自己的吉他，其实不是他的音不准，是那么多把音准不准的月琴在一起弹奏的时候就产生了一种特别的 pitch。你的乐器音是准的，在那个特定的空间里面反而变成没有音准的，所以你要把自己的月琴调到平衡的状态，所以我觉得 pitch 的问题有好多的东西在里面。如果一把乐器音准不是很准的时候，你在 play 的时候，问题不大，但是如果你跟其他的人一起和音，问题就会很明显地被发现。

**主持人**：其实这个问题在当年"交工乐队"要融合民乐乐器跟摇滚乐器的时候就要克服，包括音准和声音的问题，录音需要那么讲究也是因为这样。刚刚苏阳提到花儿，你要稍微解释一下，是西北的一种音乐类型对不对？

**苏 阳**：就是最原始的一种山歌。

**林生祥**：我都好想去听哦，那时候和宁二约好要去听，结果女儿出生，到现在都没有成行。

**提问 2**：刚刚生祥老师有表演音阶，我想问一下你是怎么做出和流行音乐不同的效果的？

**林生祥**：因为流行音乐基本上是自然音阶比较多，但是讲到传统民谣，每一个民族其实都有不同的音阶，每个族群都不太一样，但最主要是你要记住它是什么音，然后对应到相应的位置。不会很难呀，知道了就可以 play。我的想法其实很简单，刚刚苏阳有谈到昨天和今天的彩排状态可能不一样，我的状态刚好跟你相反，我的东西大块的都决定了，所以是我的乐手 play 的都不一样，像刚刚我的《大地书房》是用节奏跟旋律对位做出来的，没有和弦，我对和弦的使用是尽量精简。

提问 3：除了花儿之外，能不能稍微介绍一下西北都有哪些风格的民间音乐？

苏阳：除了花儿，通俗的被大家知道的就是信天游，信天游的节拍还是比较整齐的，比如说："大红果子剥皮皮，人人都说我和你，其实咱俩没关系，好人沾了些赖名誉。"还有一个就是道情，其实不光是西北，道情这种音乐形式，在中华民族的历史上最早从鱼鼓书的时候就有了，是道教为了宣传自己的教义，吸取各地的民间小调而成的一种形式。还有一个就是宁夏的坐唱，每一种民歌间的方言是接近的，但是节奏感不一样，可能流传下来最有体系的还是花儿，每年还有花儿会。

# "黄河今流"之哈佛大学演讲：歌声应该来源于我所依赖的土地

（苏阳自述）沿着哈得孙河一路开，一路的小镇风光，天蓝得不像个啥了，翻过几座山，波士顿感觉比纽约安静好多。黄昏的时候到了哈佛大学，哈佛大学的草坪很平整，教学楼们都安静地立在那儿，很老英国的样子。草坪平整得像电脑屏保。偶尔有老师们进出，看看海报，路过而去，这是一间阶梯教室。

今天的主持是丹青，对谈嘉宾是黄儒菁，她是哈佛的音乐人类学专业的博士生，主要研究雅乐复兴。经过了几天的时差煎熬和超强工作密度，此时反而平静，路上一边打瞌睡一边想好了，我兜里有啥，都掏出来。我从我的经历讲起，我怎样从中国南方出生，童年到了黄河边，在西安上学我接触了早期的中国流行乐，20世纪90年代追随摇滚乐组建乐队；我听到过 B.B.King（雷利．金）、Robert Johnson（罗伯特．约翰逊）和鲍勃·迪伦，新世纪初开始关注黄河流域的西北民歌；我怎样从一个主流摇滚乐的追随者，开始有自我寻找的意愿；我在生活的感受中思考我们今天的歌声，感受民歌音乐的同时，感受到的西北民歌里的比兴之美，并且用比兴思维尝试使之视觉化……我认为歌声应该来源于我所依赖的今天的土地，这必然会关注到今天的黄河边，然后播放了朱仲禄、王向荣和皮三做了动画MV的我的歌，还有贺兰山岩画和我的舞台屏幕，构架《黄河今流》这个艺术计划的过程，用感受告诉大家这一路我都在分辨异同中寻找自我，在这路上摸索属于我当然也属于所有人的今天的歌声和画面。

哈佛那天的人基本坐满了，我讲了挺长时间，丹青请出了儒菁和我一起对谈，我们就几个问题讨论得热烈而认真。

以下为对谈内容节选——

**儒菁**：我觉得老师其实刚刚说了很多特别是在歌词部分，像比兴也好，你不是用我们现代的语言……但是其中可以看到有很多新的尝试，在这个部分，摸索的这个过程可不可以跟我们聊一下？

**苏阳**：每个民族的语言和旋律都带有自己的特点，像我们有很多民间旋律的特点，这是我们的基因，但音乐的功能是对话，是综合的，有个性的不仅仅是旋律，比如我一直在重复提到的"比兴"，我们从《诗经》时代开始，一直到后来的民歌都常常采用这种手法，比如花儿，是某一个固定的旋律，每次唱都有变化，但是基本的轮廓是一样的，比如说"出去了大门往树上看，喜鹊儿盘窝，我把我的大眼睛想着"这首令叫作"大眼睛令"，就这么一段旋律，就是他出大门看到那个喜鹊儿盘窝，你说喜鹊盘窝跟你们家的大眼睛有啥关系？我觉得民间的这种比兴的妙处恰恰就在于这，他是不跟你说我因为今天出去了以后，我看到了喜鹊在盘窝，喜鹊那曼妙的飞姿什么什么的，使我想起了我远方思念的情人，我的情人有长头发、大眼睛，他得说两百字，这个可能就是十几个字，他就只是画了一幅画给你，然后就告诉你他的心。我觉得这个速度感、距离感一下就展现出独特的效果，不仅仅是音乐，我可以画一幅画，我画的那幅画可能跟这个词表面上看是没有关系的，但是它在舞台跟音乐同时出现的时候，两个看似独立的艺术形式气质是统一的，它们相互起了一个扩张空间的感觉，让你这个想象力扩展到一个更多的部分，开发它的另一个维度，这就是比兴。它是一种表达方式，就是类比的方法，这就是"个性"，是我们自己文化的基因，我自己一直在做这方面的尝试。

　　而悲哀的是，我们真正流失的正是旧有的表达方式，年轻人现在新的表达方式基本上还是平白直述，"我三天不见你想得我晚上睡不着觉"就是这些。花儿情况好一点，你想几万人在那儿唱，它也面临那个问题，因为城市化……黄河流域的民间音乐都是基于人和土地的关系，婚丧嫁娶，包括山上的求爱，这些都是因为你种地，你有一个基本的生活是农耕生活，现在人都住在楼上了，你唱给谁听，你唱了人家也烦你，这个事情肯定是在消亡，这个是最要命的。

　　**儒菁：**有很多学者觉得流行音乐的制作过于标准化，比如有一本书叫《非洲的声音》，它说起津巴布韦有一种木质钢琴，他们最重要的一个音色被我们认为是一个噪声，您是怎么看音乐制作标准化的问题？

**苏阳：**我也不喜欢分轨录音，因为音乐是时间艺术，音乐的基本功能就是对话，时间不同步这件事我觉得就有问题，我那个民乐手现在已经去世了，他跟我合作了十年，民乐手是没有太严格意义的乐器分工的，也没受过节拍器的训练。

我们录《贤良》的时候，他把那个盒子打开，里面又是板胡又是笛子……都是他一个人在弄，有时候他打着打着拿起唢呐吹一下再放在那儿，再打一下，他按节拍器忙活半天可能录了不到八小节吧。我们棚里的那个老板，就是以前鲍家街的吉他手进来喝着水就听了一耳朵，他就跟那个录音师说："你把'点儿'关了！"就把那节拍器给关了，关了用三个小时就把那一张录完了，从（音乐）工业上看这种录法是有问题的，但是你只有这样，如果我们用节拍器录两天一定效果比这个还糟糕，问题不出在分轨，但你不能用分轨要求所有的东西。我有一首歌叫《像草一样》，里面有一段我是据秦腔的拍子写的旋律。还是那个民乐手，他们一直很注意练习秦腔的"苦音"，就是介于两个音之间的伴音，那种东西很微妙。我后来觉得这不是一个细节，音乐和语言是密切相关的，两种音乐体系间的区别包括语言的区别，布鲁斯是根据密西西比和他们的语言唱出来的音乐，我跟你说话的时候是中国人的语言，中国人有中国人独特的呼吸，我们说一句话那个节奏、呼吸是不一样的。这是微妙的，不能被规范。

**提问者** (哈佛教授)：首先我要向你解释，哈佛的学生是以批评来表示尊敬的，希望您理解。我觉得您作为摇滚歌手是成功的，因为你保持了摇滚歌手对社会的批判和抗议，但是您在音乐技术上的尝试我不认为是成功的，就像您在现场的即兴，没有乐队，我觉得反而更动人，我认为假如保留摇滚精神，但用更原汁原味的传统花儿去唱会更好，这是我的批评，希望听到您的回应。

**苏阳**：你说的这个批评，我很多挚友都提到过的。有的时候我喝醉酒了会拿一把很破的琴翻唱小民歌，他们说其实你唱那些"不正经"的歌，唱你的那些个人的痛苦的时候特别感染我们。实际上我每张专辑最后都会有一首就是你喜欢的这种模式，但同时我不会停下我的那部分尝试，因为我认为真正的原汁原味是用自己的表达基因，跟自己当下的生活紧密结合的。朱仲禄他唱的刚才那个《雪白的鸽子》我很喜欢，但是我不能唱得跟他一样，他有他的背景，他从小是个放牛的，他在山上，他的祖祖辈辈就是会唱这个的，他的生活关系就是这样的。我刚才跟大家讲了我是从南方移民到了北方，我是一个厂矿子弟，我面对的人群和我的生活，我喜欢 B.B.King 的话，但如果我把吉他弹得跟他一模一样的话，对我来说是没有价值的，我得站在苏阳的角度去唱今天苏阳的生活，意义就在于今天、此时此刻、当下，运用我们自己的表达基因，即使我们穿上西装，唱流行乐，也一定让别人知道你是以中国人的语言在向你的周围散发你所要表达的情感，我所做的是这样的事情，我不知道这样的解释你能不能接受。

**提问者**：非常感谢您非常坦诚的回答，非常感谢。

# 苏阳：
# 聆听土的声音——
# 哥大艺术创作分享会

"那些触动你灵魂的歌曲，历经了百年的口口相传，像草野之民，硬过石头，发芽生长。"

"黄河今流"计划在华尔街首展的当天，我们并没有时间一天都在现场，而是去往哥大。我是在北京出发的前三天才知道，哥大就是哥伦比亚大学的简称，还是世界名校还是奥巴马的母校，这让我有点紧张，在路上和主持人兼翻译小侯对了两遍要演讲的 PPT（幻灯片）。萧萧说，你不要紧张，你就像一席那次演讲就好，我说我那次最紧张了，所以其实没讲完就鞠躬下台了。

我们进了哥大那个大楼，发现也没那么肃静。一楼的人们进出自由，好像也没有门房老汉，二楼是个咖啡厅，很多人在那看书，人多但是挺安静。我们在五楼，是个阶梯教室，大白墙上也没有"团结紧张严肃活泼"，可我还是有点紧张，我说萧萧，这个讲台你得站在我旁边，帮我操作 PPT。她说苏伯伯你别紧张，你自己操作也没有问题的。这个台湾小姑娘很能干。

小侯主持，介绍了下我，其实来的同学昨晚都看了演出，我在楼梯上碰见了一个打招呼的，我的情绪开始稳定，讲了我准备好的部分，我在观众们还没开始打瞌睡的时候，请出了今天的对谈嘉宾。是Anthony，哥伦比亚大学音乐学理论研究方面的博士。我事先问了几次主持人和萧萧，还是没记住名字，就给他翻译了个中国名字，"安生尼"。然后用银川话在肚子里跑一下，就念准了。

安生尼是个严谨和放松的学者，小侯告诉我他也兼修钢琴和作曲，他提了几个问题，有一段是这样的：

**安生尼：**虽然我们两个人对于音乐的出身背景不一样，

但是我觉得这完全不是一个障碍，我同样可以欣赏您的音乐，这个没有问题。

**苏阳：**谢谢。

**安生尼：**但是我还是从您的音乐当中听到很多不同的东西，所以我接下来会举几个例子来讨论一下。开头那个吉他的部分，我可以明显听出您有受到中国西部音乐的影响，我就有听到这样的一个正拍和反拍。刚刚我做了一个描述，就是《贤良》的第一句歌词，但我是用英语的语音来记，如果是英文的话会后半拍进来，是一个反拍而不是正拍进来，我想说，对您来说能否让观众跟您理解音乐的方式是一样的？因为从我这样一个西方观众来听，和中国观众听到的感觉是不一样的，这对您来说有多重要？

**苏阳：**很重要，让观众理解我是一个最终的结果，而不是我要去追求的事情，就是它是一个必然的结果，我觉得在今天我们有黑人的音乐，有印第安人的音乐，也有美国人的音乐，有来自黄河的音乐，这些音乐都是有个性的，但是我觉得音乐最后的追求应该是共性的东西，就是你是通过不同民族的音乐，但是你追求的音乐性是一样的，这个音乐性是共通的。比如说你是一个外国人，但不妨碍你现场听我的歌，你跟中国人一样high（兴奋），这是没有问题的。

我传递给你最终的东西是共性的那部分东西，我觉得音乐伟大，对我来说就是因为它存在了这种共性的东西，就是我们做的所有的个性只是通过自我的身体来传达它，我通过我的个性的声音来做到了这种沟通的能力，因为每个人都是独立的，民族也是，有差异。正因为这种差异化，所以千奇百怪都可以去做，但是最终有一个东西让大家共鸣的是人类基本的情感，它最后表达的都是基本的情感，它达到了一个共性的东西，追求的最后是共性的东西，这是我的理解。

**安生尼**：《凤凰》这个歌，虽然我也不是很明白这个里面讲了什么，但是我可以感觉到这个唱的是一种这个人的挣扎，是有这样的一个感觉。虽然可能大家在理解的层面上很不一样，但是一些共通的东西我还是有感受的。

**苏阳**：刚才我在讲我的经历的时候，我说我听到了那个非洲的田野录音的时候，我恰恰想起来了我小时候听到的一段歌谣。我到现在也不明白为什么会发生这样的情况，后来我慢慢知道了，就是因为它们之间有一个共性，它那个共性是基本的音乐性，那个是最通"灵"的，我一直认为音乐是通"灵"的，它是灵的那部分东西，是每个人都可以听懂的，不管他是一个非洲人还是一个黄种人，他都是可以听懂这样的语言的，这个是跨语言的，就是它可以语言不通，但是我觉得这个东西是通行的，它可以是一种旋律或者是一种节奏。2008年有个美国人看了我的现场，说他听到了他老家的乡村音乐……

我的话没有说完，安生尼直接自己打拍子，唱了一句"石榴子开花叶叶子黄"，他的拍子是打在弱拍反拍的，因为他唱的是中文，我惊了一下，大家一鼓掌，我就忘了我其实最终要接着说的是，我们的语言韵律和英语的语言韵律在节奏上很不一样，音乐派生于语言，我们的语言是在音乐上总是形成了正拍进的乐句。典型的例子是《贤良》的副歌部分"你是世上的奇女子"一句，恰恰是符合英语习惯的，而我们中国人在听到的时候也反应比前面强烈，这是在反拍进的，而我正是通过这样的尝试，让更多的观众和我达到共鸣。

后面还有些提问和观众席的提问，讨论得都挺认真，结束时我就顺着唱了一首《贤良》，自己用琴即兴了一下。其实中间我本来想唱一句："奥巴马的学习是真正的强呀，上了一个哈佛就上哥大"，怕政治上不正确，没敢唱出来……

从哥大出来，我一直在抱怨，好几天没见到筷子了，中午吃了个墨西哥餐，一种没见过的米，和了点生的碎菜叶子，我用勺子舀着吃，边吃边叹气。萧萧和宋杰就说，晚上带你去中国城！

唐人街里密密麻麻的中国铭牌，我们找了家上海菜，老板娘和跑堂的全说中国话，我的话也多起来了，边聊边吃好不热闹，然后我打着嗝摸着肚子去买了单，价格也相对公道，准备出门的时候，老板娘尴尬地说：先生，您小费还没给呢。我说啊？给多少呀？老板娘算了一下，宋杰告诉我，他们的服务员都是没有底薪的，全凭小费，我们付小费也是按照一定比例来算的。

## 在 纽 约 找 面 食 的 人

天再亮的时候，我发现比前一天多睡了一个小时，今天要接受纽约华人电视台的采访，怕堵车，我们就坐地铁去。主持人叫晓樱，他们对于电视节目没啥太死板严肃的要求，就是聊天，她问啥我就答啥，我逮机会就告诉大家晚上我们在 UNARTHODOX 画廊做《黄河今流》的展览和分享会。节目很放松地做完了，我们去画廊附近的一家江南包子吃晚饭，和起赫聊了起来，这几天起赫一直跟着我，他四年前来纽约的，在纽约一所名牌大学上学，好像是理科，家里很高兴，送了来。起赫喜欢音乐，大一下半年自己换了专业转了系学音乐，家里很生气，他妈妈停了他的所有资助，从此他自己一边上学一边工作养活自己，现在他在一家关于演出的执行公司。他说，苏伯伯，你如果把儿子弄到这里来，最能锻炼人了。

## 你看那来来往往的人，来来往往的城

今天的分享会依然是小侯主持，画廊的气氛没有那么学术，我坐在凳子上用 PPT 和大家聊天，对谈嘉宾是 Larry Rubin（拉里·鲁宾），皇家音乐学院毕业的，现在波士顿。为了这场对谈他从波士顿赶到纽约，演出就来看了，资料里写着："他主要进行多种形式声音的混合：从即兴创作到重组构建。Larry 希望避开传统和前卫，提供给观众不一样的音乐体验，用更单纯的感官角度去激发更多的好奇心和令人兴奋的音乐以及世界化的声音。同时他是个策展人，参与过达勒姆、米兰艺术博览会等展览，而近期则是在参与米兰世博会、威尼斯建筑双年展。"——我看完，就给他翻译了个中国名字：拉瑞。

那天我们在萧萧他们房间的时候，我从拉瑞的旁边过，他在玩电脑，电脑里打开的是一个音频工作站，音频的波形随着音乐变成了一些图案和抽象的画面，问他，他说在研究音乐本身和画面同步转换的可能。画廊分享会之前，我们在休息室，他告诉我他拍了很多他家乡的视频素材，他会用视觉来转换成可以感触的音乐。他也看了我用贺兰山岩画元素画的布景，所以那天对谈的内容有音乐和视觉语言的转换。我们谈得不亦乐乎的时候，观众席忽然有人要发言。我一看，是晓樱。我很意外，向大家介绍了晓樱老师。晓樱说，你们说得挺好，我提个建议，你也应该去百老汇看看，他们的表演形式也是值得借鉴的。后来聊天她告诉我，她原来就是教声乐的，本人就是高音歌唱家，唱过歌剧。"我女儿也唱摇滚，你一定要去看看百老汇音乐剧，对你肯定有启发！"我连连称是。

我最终没有时间去百老汇。好像这几天日子开始重复了，也习惯了。第二天开始接受另一个华语电视台的采访，我已经放松到做完节目去办公室喝水，和他们台的制片人推销我的MV了。我走的时候，他们在导出我的演出现场视频，我跟他说，你们放我的那些演出的现场视频，不如就放我的《贤良》MV，《凤凰》也行，很好看，肯定和你们以前放的东西不一样，真的，肯定比以前的内容好看，真的。直到他们把我送出大门，离开了那个街区。

吃饭也已经上了轨道，有宋杰在，找到一家川菜馆子，里面熙熙攘攘，要排队，门口排队的地方，放着报纸，我拿了两张报纸，一张是那天的纽约爆炸案的罪犯被抓获了，另一张是侨报，整版在报道摩登天空音乐节的演出。我兴奋地指着我的头像和萧萧他们说，你看你看，老汉又要在纽约火了，他们看了一眼报纸，没来得及和我说话，都转头看向楼梯的方向，我看见马云从楼梯上下来，一个服务员迎上去，用手机自拍和他合影……

**备注声明**　　虽然本书的辑二和辑三中多写生活常事，并无太多隐私，但为尊重他人，

很多人名均使用化名，而且很多细节已被记忆混合，所以，如有雷同，

可能张冠李戴。感谢生活！